O EQUILIBRISTA DO ARAME FARPADO

Flávio Moreira da Costa

O EQUILIBRISTA DO ARAME FARPADO

1º lugar Prêmio Jabuti de Romance de 1977
Prêmio Machado de Assis da Biblioteca Nacional
Prêmio Octávio de Farias da UBE
Finalista Prêmio Nestlé de Literatura

Copyright © 2007 Flávio Moreira da Costa

Capa
Christiano Menezes

Revisão
Rebeca Bolite

Produção editorial
Lucas Bandeira de Melo

CIP-BRASIL. CATALOGAÇÃO-NA-FONTE
SINDICATO NACIONAL DOS EDITORES DE LIVROS, RJ.

C872e

Costa, Flávio Moreira da, 1942-
O equilibrista do arame farpado / Flávio Moreira da Costa. - Rio de Janeiro: Agir, 2007.

Inclui bibliografia do autor
ISBN 978-85-220-0778-3

1. Romance brasileiro. I. Título.

07-0916.
CDD: 869.93
CDU: 821.134.3(81)-3

Todos os direitos reservados à
AGIR EDITORA LTDA. - uma empresa Ediouro Publicações
Rua Nova Jerusalém, 345 - CEP 21042-235 - Bonsucesso - Rio de Janeiro - RJ
tel.: (21) 3882-8200 fax: 3882-8212/8313

Obras de
FLÁVIO MOREIRA DA COSTA

ROMANCE
O desastronauta. Rio de Janeiro: Expressão e Cultura, 1971. 2. ed. Rio de Janeiro: Agir, 2006.
O país dos ponteiros desencontrados. Rio de Janeiro: Agir, 2004.
O equilibrista do arame farpado. Rio de Janeiro: Record, 1997.
Às margens plácidas. São Paulo: Ática, 1978.
As armas e os barões. Rio de Janeiro: Imago, 1975.
A perseguição. Rio de Janeiro: Francisco Alves, 1973.

POLICIAL
Três casos policiais de Mario Livramento. Rio de Janeiro: Ediouro, 2003.
Modelo para morrer. Rio de Janeiro: Record, 1999.
Avenida Atlântica. Rio de Janeiro: Rio Fundo, 1992.
Os mortos estão vivos. Rio de Janeiro: Record, 1984.

LIVROS DE ARTE
Rio de Janeiro: marcos de uma evolução. Rio de Janeiro: Booklink, 2002.

INFANTO-JUVENIL
O almanaque do Dr. Ross. São Paulo: Nacional, 1985.

HUMOR
Nonadas: o livro das bobagens. Rio de Janeiro: Francisco Alves, 2000.

ENTREVISTA
Vida de artista. Porto Alegre: Sulina, 1985.

ENSAIO
Crime, espionagem e poder. Rio de Janeiro: Record, 1987.
Cinema moderno cinema novo. Rio de Janeiro: José Álvaro, 1966.
Franz Kafka: o profeta do espanto. São Paulo: Brasiliense, 1983.

CRÍTICA LITERÁRIA
Os subúrbios da criação. São Paulo: Polis, 1979.

CONTOS
Malvadeza Durão e outros contos. Rio de Janeiro: Agir, 2006.
Nem todo canário é belga. Rio de Janeiro: Record, 1998.

Malvadeza Durão. Rio de Janeiro: Record, 1982.
Os espectadores. São Paulo: Símbolo, 1976.

POESIA
Livramento: a poesia escondida de João do Silêncio. Rio de Janeiro: Agir, 2006.

BIOGRAFIA
Nelson Cavaquinho. Rio de Janeiro: Relume-Dumará/RioArte, 2000.

ANTOLOGIAS
Os melhores contos de loucura. Rio de Janeiro: Ediouro, 2007.
Os melhores contos bíblicos. Rio de Janeiro: Ediouro, 2006.
Os melhores contos fantásticos. Rio de Janeiro: Nova Fronteira, 2006.
22 contistas em campo. Rio de Janeiro: Ediouro, 2006.
Aquarelas do Brasil: contos de nossa música popular. Rio de Janeiro: Agir, 2005.
Os grandes contos populares do mundo. Rio de Janeiro: Ediouro, 2005.
Os melhores contos de medo, horror e morte. Rio de Janeiro: Nova Fronteira, 2005.
Crime feito em casa: contos policiais brasileiros. Rio de Janeiro: Record, 2005.
13 dos melhores contos da mitologia da literatura universal. Rio de Janeiro: Ediouro, 2004.
100 melhores histórias eróticas da literatura universal. Rio de Janeiro: Ediouro, 2003.
13 dos melhores contos de vampiros. Rio de Janeiro: Ediouro, 2003.
100 melhores contos de crime & mistério da literatura universal. Rio de Janeiro: Ediouro, 2002.
100 melhores contos de humor da literatura universal. Rio de Janeiro: Ediouro, 2001.
Onze em campo e um banco de primeira. Rio de Janeiro: Relume-Dumará, 1998.
Viver de rir II: um livro cheio de graça. Rio de Janeiro: Record, 1997.
Crime à brasileira. Rio de Janeiro: Francisco Alves, 1995.
O mais belo país é o teu sonho. Rio de Janeiro: Record, 1995.
Viver de rir: obras primas do conto de humor. Rio de Janeiro: Record, 1994.
A nova Califórnia e outros contos de Lima Barreto. Rio de Janeiro: Revan, 1993.
Plebiscito e outros contos de humor de Arthur de Azevedo. Rio de Janeiro: Revan, 1993.
Onze em campo. Rio de Janeiro: Francisco Alves, 1986.
Antologia do conto gaúcho. Porto Alegre: Simões, 1970.

Ao verme
que
primeiro roeu as frias carnes do cadáver
de
Joaquim Maria Machado de Assis
dedicamos
com saudosa lembrança
este
ROMANÇÁRIO PÓS-ANTIGO

"UM TRAPEZISTA — A ARTE QUE ESTES ACROBATAS EXERCEM NOS ARES, SOB A CÚPULA DOS GRANDES CIRCOS, É, COMO SE SABE, UMA DAS MAIS DIFÍCEIS A QUE PODE ASCENDER O HOMEM —, UM TRAPEZISTA, MOVIDO PRIMEIRO APENAS PELA AMBIÇÃO DE SE APERFEIÇOAR, SEGUIDAMENTE POR UM HÁBITO QUE SE TRANSFORMA EM TIRANIA, ORGANIZARA DE TAL FORMA A SUA VIDA QUE FICAVA NO TRAPÉZIO DIA E NOITE..."

Franz Kafka

"O QUE EU PROCURO NO DESERTO É A MINHA PRÓPRIA SEDE."

André Gide

Sumário

Depois do dilúvio, esta segunda edição 15

Nunca os idiotas (*prefácio brevíssimo*) 17

NOSSO ROMANCE COMEÇA ASSIM MESMO 19

A INAUGURAÇÃO DA MANHÃ 31
I. Capítulo dos nascimentos 33
II. O direito de nascer 35
III. Incertidão de nascimento 38
IV. O mistério materno 39
V. Elipse 41
VI. O rio que não estava no mapa 42
VII. O que fazer? 45
VIII. Cada ruga uma história 46
IX. O vôo do tempo 50

PRÓLOGO À MODA ANTIGA (E FORA DE LUGAR) 53

EM BUSCA DO FIO DA MEADA 61

ELE CONSTRÓI O MOVIMENTO 73
I. A flauta e as saias 75
II. A versão do gerente 77
III. O tabelião 79

IV. Cheia de graça 81
V. Luz, ação 83
VI. Revelação na mesa de jantar 85
VII. De como Capitão Poeira venceu a guerra de imagens ...87
VIII. O filho do pai e o pai do filho 89
IX. A segunda decisão 91
X. Fragmentos de uma cena familiar 93
XI. Nem tudo está perdido, ou ainda resta uma esperança ..94
XII. Como se fosse sarampo 96
XIII. A janela, a árvore, o pulo 97
XIV. Cena de alcova porém privada 99
XV. Três pontinhos, ou o menor capítulo da literatura
    mundial 100
XVI. Enlace e desenlace 101

OS UMBIGOS DO MUNDO 103

FUGIR PARA CORRER ATRÁS 111
1. Capítulo no qual se mostra que tipo de estória é esta:
   com o que se parece e com o que não se parece 113
2. Cenas da vida carioca 115
3. Comédia de equívocos 119
4. As mil e uma noites de um porre só 123
5. Primeiro capítulo 125
6. Tempo de calabouço 127
7. Segundo capítulo 130
8. A coisa mais linda do mundo 133
9. Mais menina que mulher 135
10. A coisa mais linda do mundo 137
11. Correio sentimental 140
12. Presente de aniversário 144

AS PEDRAS QUE ROLAM: MIRAGEM, IMAGEM 149

O BRASIL É UM ANIMAL TALVEZ POLÍTICO 155
1. E você será sempre meu mundo 157
2. Capítulo quadrado 159
3. Álbum de fotografia 160
4. O mistério da verdadeira epígrafe 164
5. Capítulo histórico, portanto esquemático 165
6. Capítulo de passagem: poema do personagem 168
7. A história interfere na estória 169
8. A sotaina faz o padre 172
9. Canção do exílio, ou terceiro capítulo 175
10. Canção do exílio, ou quarto capítulo (*continuação do relato de Capitão Poeira*) 178
11. Vigilante da noite 181
12. "Flying to Rio" 184

ARMARINHO A LIBERDADE 189

Pós-escrito 195

As entranhas expostas do romance (*Fábio Lucas*) 197

O desmonte das convenções romanescas em *O equilibrista do arame farpado* (*Elisalene Alves*) 199

DEPOIS DO DILÚVIO, ESTA SEGUNDA EDIÇÃO

E ASSIM SE PASSARAM DEZ ANOS...
Ou, como diria Alexandre Dumas, na continuação de *Os três mosqueteiros*: *Dez anos depois*... Dez anos depois do Capitão Poeira se equilibrar no arame farpado das quatro premiações de 1997, mas onze de publicação. E, já que começamos sob o signo dos números: foram uns quinze anos escrevendo, reescrevendo e retocando este equilibrista para que ele não caísse de vez do cavalo, isto é, do arame farpado; cerca de quinze versões, nesse período; mais uns cinco anos de gaveta, em parte com medo da queda, pois era provável que não só o equilibrista acabasse se machucando mas também o autor (na realidade, eu me perguntava que romance era "aquele"!), em parte pela recusa em publicá-lo por (p)arte de pelo menos três grandes editoras.

(Depois dos prêmios e da repercussão, um dos editores comentou: "Pois é, erramos. Mas, você sabe, André Gide recusou Proust..." "Menos", eu disse, pois nem ele era Gide nem eu Proust.)

Finalmente — encerrando o capítulo dos números —, o livro só vendeu cerca de 1.500 exemplares, ou seja, metade da edição. A outra metade ficou inutilizada devido a uma enchente, conforme me comunicaram. A ironia não é minha: agora, nesta segunda edição, depois de quase morrer afogado, o equilibrista... se equilibra de novo.

Revendo os arquivos, surpreendi-me com a repercussão crítica, mas não com a diversidade de opiniões que o livro provocou. Acho até que poderia ter sido maior. Um jornalista-escritor paulista, reagindo contra os prêmios e o livro, garantiu que *O equilibrista*... era "uma bobagem". Taí, gostei, me lembrando de que muitos livros "sérios" neste país não são bobagens mas são inócuos, anódinos e mal-escritos. Mas o que me envaideceu e ruborizou, confesso, foi a reação de Wittgenstein de Oliveira, "o filósofo de Quixeramobim": "Depois de *O equilibrista do arame farpado*, só o Nobel ou o Dilúvio!" Desde então, todo dia olho pro céu (mesmo desconfiando de que a referência ao dilúvio, tomando-a como uma metáfora de enchente no depósito de livros, se cumprira), em seguida abro meus e-mails, ligo a secretária eletrônica e examino a caixa postal. Nunca se sabe quando e como o destino bate à nossa porta.

Não, nem um nem outro chegaram, até o presente momento.

Como é mesmo que se diz?

A esperança é a penúltima que morre.

(A última é a nossa própria vida, não é mesmo?)

Quem sabe espero mais dez anos? (Não resisto: afinal, quem espera sempre descansa.)

F MC
abril de 2007

PS: Ah! Sim, continuo acreditando que fora da literatura não há solução. Nem para a violência, nem para a (falta de) educação, nem para os políticos e economistas, nem para o país, nem para a globalização, nem...

Mas eis que João do Silêncio, que nasceu depois destas confusões todas, me interrompe para dizer que não se trata de escrever um panfleto – e que a introdução já acabou.

Acabou?

Quem quiser que conte outra.

NUNCA OS IDIOTAS
(prefácio brevíssimo)

1

NÃO ACREDITE EM tudo o que você vê. A realidade virtual pode ser você.

2

Todos os personagens deste livro são fictícios – sem excluir o Autor.

3

"Seja como for, são sempre os intelectuais que se revoltam contra a razão ou a forma. NUNCA OS IDIOTAS. Isso envolve um pouco de lógica e de sabedoria que às vezes é da alçada do palhaço."

(Carl Solomon, in *De repente, acidentes*.)

Eu, escritor desconhecido, nasci, mais desconhecido ainda, em mil-novecentos-e-antiga-mente. (Querem saber? Mas, não, não digo que foi naqueles anos 40 que os anos não trazem mais.) Nasci na pequena grande cidade de Pedra Ramada, interior do Brasil-ril-ril e exterior ao resto do mundo-mundo-vasto mundo. No entanto Daí em diante, ou retrocedendo, pois pra baixo na ladeira da lembrança todo santo ajuda e —
(*)

---

* Encontrado entre os papéis de Francisco, Chiquinho, o Capitão Poeira, personagem. (N. do E.)

Nosso romance começa assim mesmo

PODEM ME CHAMAR DE Kid Skizofrenik. Por enquanto. Ora, eu não existo, e se tem alguém que possa afirmar isso, sou eu mesmo.
Eu, ou nós? Traço, risco, poema malfeito pelas linhas imaginárias das mãos de Deus, esse Deus das elites, esse Deus das esquinas, não sou, no entanto, ectoplasma, fantasma ou homem invisível.
(Começa a história com o cotidiano, que a glória do mundo assim passa, até que o Finis coronat opus, e que os sinos dobrem por você, dobrem por nós, dobrem por mim, amador da humanidade a qual odeio e amo mal rompe a manhã.)
Acontece que nasci personagem – e personagem sem nenhuma importância. Mas tanto fiz e bordei que consegui, desde logo, me transformar em narrador. Não parei aí: confesso que ainda tento (como num golpe palaciano no interior da narrativa) passar de narrador a autor, façanha quase impossível segundo os manuais do ofício. No entanto...

"Socorro, os paranóicos estão me perseguindo!", gritei em silêncio diante de uma banca de jornal de Copacabana com um adesivo de carro exposto e me dizendo "Um corno está me perseguindo" – e era por poucas e boas assim que morria muito cidadão urbano e urbanóide: de faca, tiro ou susto.
Sim, a vida como ela não é.

O pior cego é aquele que não quer usar lentes de contato – e, como eu vi o caso, o caso eu conto como o caso foi:

em frente a um bar da rua Hipólito da Costa esquina com Viveiros de Castro (gosto de situar o real), um homem de uns 24 anos e de "cor parda" (como dizem os jornais) deu oito tiros num companheiro de calçada, de uns 20 anos, também de "cor parda", cabelos encaracolados (ele tinha *naturally curled hair,* como a pequena personagem dos *Peanuts*) e que morreu na hora. O assassino? Ninguém sabe, ninguém viu – evaporou-se. Caso dois: o pior cego é aquele que enxerga demais e não ouve. Tardes depois, um pivete roubou um casal de turistas na avenida Atlântica (a situação é onde a ação se situa) e saiu correndo e um carro do ano que vinha em direção contrária e que não tinha nada a ver com a história (vá se acostumando, provável leitor: conosco ninguém podemos e quase nada tem a ver com a história) parou de estalo e um cidadão bem-vestido desceu já com um revólver na mão e disparou três tiros no moleque, que se estatelou no calçadão de *design* português, com pedras escuras e claras em forma de ondas simétricas – e o distinto e desconhecido cidadão ou sujeito voltou para o carro e sumiu, com a sensação – *who knows?* – de dever cumprido.

Apenas duas cenas da morte urbana: a realidade bate todo dia à sua porta, em volta de seus ouvidos moucos e... míopes: a cidade engole o grito dos assassinados e a consciência dos assassinos: a realidade bate à sua porta – fechada.

Era o que eu não tinha a dizer.

Ora, direis: minha autobiografia, como de se esperar, será de minha total e irrestrita responsabilidade e irresponsabilidade.

Duvidar, quem haveria-de? Mas, para falar a verdade, é melhor que duvidem. Nada disso é verdade: minha autobiografia não é minha, nem é autobiografia: é uma biografia maquiada de um suposto personagem em preto-e-branco: a biografia imaginária de alguém que, até o momento, jamais existiu – e quando e se chegar a existir a biografia em questão poderá se revelar, na verdade, um romance. Com suas pretensões e agravantes. Entre as pretensões, a de ser um romance antigo, moderno, pós-moderno – e pós-antigo. Entre os agravantes (ou melhor, condicionantes), o fato de vir a ser um romance coletivo, escrito por vários e diferentes autores, todos desajustados, inexperientes e desempregados. Mas que muito discutiram (e continuam a se entender e a se desentender), e chegaram à conclusão de que a velha autoria única e pessoal, conforme uso e costume, mal traduz reduções e ampliações de um mesmo e gasto Ego; e que a criação grupal – com o risco anacrônico de tender para o socialismo ou para o abismo – poderia resultar em um vôo mais livre, com a junção ou a dilaceração de múltiplos (as palavras "diversos" e "divertidos" se parecem, não?) Egos.

Pretensão e água benta batem até que furam: como prova de humildade criativa, submetemos nossas intenções ao intelectual Antônio Carlos Patto, filho da Patta e da PUC. Ele pensou, pensou e disse:

– Sem um referencial teórico que se lhe encaixe, o que poderia vos dizer... bem, esta idéia, quem sabe, no máximo e no minimalismo, acabará refletindo, como um espelho ou um jogo de personalidades, uma experiência lítero-lúdico-estrutural-semiológica-carnavalizante de imponderável envergadura...

Sofreu o intelectual uma brusca interrupção:

– Envergadura *jes tu madre, coño!* – não se conteve Bustrefedón Infante Gatica, ex-cantor de guarânias no interior de São

Paulo, conhecido como Paraguaio (embora peruano), e um dos autores coletivos.

A inesperada e mal-educada intervenção irritou os demais autores e por pouco não provocou danos à narrativa. "É melhor cortar o rompante do Paraguaio", ponderou Cláudio C., apoiado pelo chamado Capitão Poeira. Flávio Vian, o intelectual anglo-saxofônico, e Wittgenstein de Oliveira, o filósofo de Quixeramobim, balançaram a cabeça; já o poeta Francisco d'Avenida, que a tudo observava, não falou nem com a cabeça.

Assim sendo, sem mais quém-quém que o mundo vai mais além, o Patto pulou fora, e eu, abaixo e acima-assinado Kid Skizofrenik, agarrei o circunstancial pela lapela e segurei as rédeas da situação. Afinal, vou logo dizendo, os autores somos nós todos, mas quem manda aqui sou eu mesmo, e por duas razões, no mínimo: a primeira é que uma experiência coletiva de literatura, ou uma experiência de literatura coletiva, agrega variações esquisokarmafenomenológicas que a diferem, na forma e na provável colheita, das fazendas coletivas da China comunista, para dar um exemplo clássico; e em segundo lugar porque...

Bem, acabei de me esquecer que segundo lugar é esse.

Como começar? As explicações não terminam – ah, leitor, como você se engana! como você me engana! –, apenas principiam nas pontas dos nossos dedos brancos – sem nenhum racismo. Cada cabeça, cada sentença, diz o velho deitado, quer dizer, um velho ditado, ditado aliás (talvez por ser velho) que não nos convém pois não nos tem serventia, caso contrário teríamos tão-somente sete ou oito sentenças e com sete ou oito sentenças não se escreve romance/romançário/romanceiro/romance-mosaico algum. Cada cabeça, cada linguagem: mais apropriado, mas somando e sem se chegar à unidade decretada por Ary Stóteles, o Grego, ao que parece para todo o sempre – ou até este momento.

A língua é uma cobra comprida e elétrica a correr pelos campos e calçadas e sempre mudando de pele e de cor, embora muitos não o percebam. Será com ela que construiremos a utopia dos trópicos – a utopia ou sonhos de mil e uma noite de verão e chuvas. Utropia. Espécie de comichão e calor, utropia propõe riqueza para os pobres, pobres de nós, pobres de espírito; cor-de-burro-quando-foge, utropia é jogo, jogral, joio, jóia, jugo e o que mais for: nada, nonada, o tempo e o vento na terra do sol e do mel e do fel; a história enfim que não chega ao fim pois só existe dentro da cabeça de Kid Skizofrenik e de seus seguidores, e que, por ser skizofrenik (embora *non troppo*), talvez não consiga tirá-la lá de dentro. Mesmo assim a cobra continua a se mexer e cambiante: a utropia é ou será um romançalmanaque de uma época em que eu andava desandado, desabandonado, desencontrado, desencantado e com a alma transbordando de si mesma, do sentimento de mim e do sentimento do mundo: um astro, desastre, astro desastrado, astronauta desastronauta: quem me conhece sabe que não me conheço e vivo ao abrigo do desabrigo pelo risco sem mapa ou mina em direção ao vôo, e que não seja o vôo da aeronáutica.

Mal concluíamos tal constatação ou divagação quando.

Eis que soou a hora-fora-de-hora quando irrompeu nosso quarto-e-sala adentro, o tempo e o vento inesperado, o intelectual Antônio Carlos Patto, filho da Patta e da PUC:

– É um atentado às Letras – gritou ele. – Em nenhum manual que...

– Que manual nem manuel... – e Bustrefedón Infante Gatica, o vulgar Paraguaio (embora peruano), avançou sobre o crítico Antônio Carlos Patto, consolidando a confusão.

– Violência não! – apartou Cláudio C., o humanista.

– Calma que o Brasil é nosso! – gritou Ismael Geraldo Grey, o nacionalista.

— Mas o que é que está acontecendo? – disse Flávio Vian, anglo-saxofônico e distraído.
— Ora, uma briga – falou Capitão Poeira, o objetivo.

Mas as palavras, como bem provavam os discursos políticos, resultaram inúteis: nenhuma delas nem ninguém, impediu que Bustrefedón Infante Gatica expulsasse Antônio Carlos Patto de vez do nosso quarto-e-sala e da página não mais em branco mas cheia de sinais, letras, toques, frases.

Mais uma página virada do nosso folhetim: estávamos, os sete cavalheiros, postos em sossego e (alguns) em meditação, quando o poeta Francisco d'Avenida, ao terminar de bater uma lauda à máquina, aproximou-se e, sem dizer palavra, colocou o papel diante de nossos doze ou quatorze olhos, curiosos:

> "– Qual o gênero de romance que pretende escrever? – perguntou ele.
> – Quero escrever um romance sobre o silêncio – disse ele –, sobre as coisas que as pessoas não dizem."
> Virginia Woolf, *The Voyage Out*

A partir daí discutimos durante uma hora e quarenta e nove minutos.

Pano pra manga. Depois, bem conversados e combinados, chegou-se à conclusão de que nossa utopia seria batizada como

O ÚLTIMO ROMANCE DE VANGUARDA

(título lúdico, pois nem romance nem vanguarda, muito menos o último, e que ficou conhecido mais tarde como:)

O PROFETA DO NADA

(manuscrito encontrado nos escombros da Big City depois da aparição do Anjo Exterminador Atômico/Atônito – também denominado:)

CONFISSÕES DE UM ESQUIZÓIDE TROPICAL;

Prosaico mundo, este mundo de prosa! Embalados, elaboramos em seguida, talvez precoce e arbitrariamente, um índice ou

SUMÁRIO IMAGINÁRIO

1. *A maldição de Pedra Ramada*.......
2. *Ventre de Vênus, mão de Marte*.......
3. *A imponderável leveza do eterno retorno*....
4. *Entre o Rossio e o Chiado vou cantando meu fado*....
5. *Xô! Urucubaca never more*....
6. *A fuga dos paralíticos*.......
7. *Xangô superstar*.........
8. *Teoria e prática do umbigo do mundo*.....

Pois, pois, quem é viúvo sempre aparece: os índices e os sumários são a parte mais rica dos livros, embora, no nosso caso, ficamos ainda devendo a história, a aventura. E, para chegar lá, pensava eu, Kid Skizofrenik (com filosofia e confusão), precisaríamos encontrar a linha invisível e tortuosa entre a Biografia e a História. (Se alguém tiver uma idéia de como poderia ser o enredo, favor escrever ou telefonar. Seremos eternamente gratos.)

Bustrefedón Infante Gatica, cansado de tanto pensar em conjunto, olhou a rua da única janela do quarto-e-sala e cuspiu no ar. Resultou que a sua cuspida, sem nenhum senso de oportunidade, atingiu a cabeça do guarda lá embaixo.

Não disse que o mundo era prosaico, pois não? Resultado coletivo, insegurança e medo, qual uma corrente elétrica, espalharam-se entre e nos vários autores, à exceção de Flávio Vian, como se sabe, intelectual de formação anglo-saxofônica.

Clima. Apenas Flávio Vian e eu permanecemos na sala: os outros se esconderam no banheiro. Para ganhar tempo, fui elaborando um discurso de desculpa:

"Ilustríssimo senhor guarda, nossa autoridade mais do que competente! Permita-me... Claro que foi lamentável, mas compreenda que a cusparada em questão pretendia-se uma simples metáfora – aliás, nem metáfora se propunha a ser, posto que imprevista – e acabou resultando, para seu azar e para nosso constrangimento, em uma cusparada de verdade, logo, devido a tal circunstância..."

Devido a tal e outras circunstâncias, o cuspe de Bustrefedón Infante Gatica não atrapalhou o tráfego, embora o guarda tenha quase atrapalhado o enredo, *dura lex sed lex.* Ele não, que acabou desaparecendo, mas o susto que ele provocou, ora se. (Passada uma hora, os demais autores saíram do banheiro.)

Em discussão crescente, retomamos os trabalhos preliminares – e eram sete autores à procura de um personagem! Sete Édipos, sete Sísifos, sete Narcisos, sete cavaleiros do Apocalipse? Em questão de minutos, ninguém mais se entendia. Foi quando, dando um branco no salão, a campainha soou, insistente.

Os sete fechamos as bocas e abrimos os olhos, mudos da pergunta que, de alguma maneira, podia ser lida nos nossos rostos: quem seria àquela hora? O guarda? Um ladrão?

Coube a mim, Kid Skizofrenik, dar o primeiro passo. E mais outro e mais outro, até a porta. Fechei o olho esquerdo e arregalei o olho direito contra o olho-mágico, enquanto os outros doze olhos apontavam para mim.

– Quem é? – Capitão Poeira não se conteve.

Não me mexi. Virei o rosto e respondi em voz baixa, como convinha:

– Acho que vocês nem conseguiriam imaginar – disse, me lembrando de Hitchcock. – É... é... o Escritor! – E, como se fosse inevitável ou assim estivesse predeterminado, soltei o trinco, preso e represo por conta da cuspida no guarda, e abri a porta.

O Escritor entrou como um minitufão e dirigiu-se à única e puída poltrona do nosso quarto-e-sala.

Sentou-se – claro.

Marionetes sem cordas, nós sete não mexemos nem narizes nem orelhas.

O relógio não acompanhava o compasso do tempo, ou o tempo não combinava com o relógio. Ouvimos uma mosca a voar – e ela parecia ter uma asa só.

– Fui obrigado – falou o Escritor, rompendo o impasse do silêncio humano –, e contra as regras do ofício, a vir conversar com vocês, cara a cara, sem subterfúgios ou manipulações.

Pausa, e foi aquela a pausa mais longa do mundo. Estaria examinando e avaliando seus personagens? Nenhum de nós respirou, o Escritor respirou (ou suspirou?) fundo.

— Confusão pessoal e caos coletivo andam de mãos dadas — retomou ele. — Por mais diferentes que vocês sejam, já era pra terem chegado a um acordo. Na realidade, e na ficção, não há mais nada a se discutir. A hora é de mãos à obra: cada um de vocês tem sua parte a desempenhar, a escrever ou a fingir que escrevem.

Calou-se, como se se divertisse com suas próprias palavras. Calou-se, e seu silêncio somou-se aos nossos sete silêncios. Finalmente, ele abriu a boca, talvez para acalmar nossas sete ansiedades:

— Um sorteio irá decidir qual de vocês vai começar...

Ele esperava alguma reação, *quizás, quizás, quizás*, mas ficamos parados e mudos.

— Quem sabe no par-ou-ímpar? — e a pergunta do Escritor era mais retórica: suas palavras soaram como uma ordem. — Vamos logo com esta história: mexam-se, senhores.

A INAUGURAÇÃO DA MANHÃ

I
CAPÍTULO DOS NASCIMENTOS

EIS QUE SE DEU O OCORRIDO: acontece que aconteceu, em tempos idos e vividos, daqueles (como todos, aliás) que não voltam mais – os chamados de antanho – de haver um dia nascido um belo e bastardo bebê em terras de Pedra Ramada, interior do país, do continente, do planeta.

Era noite de lua cheia.

E nasceu ele, o bebê, como qualquer outro, com dores de parto, com abrir-se de pernas e fechar-se de olhos, choros e risos, aflições e alegrias, preocupações e alívios – ou seja, nasceu apenas bebê e só depois foi chamado de "bastardo", como se ele, coitado, o entendesse, como se ele o merecesse.

Pedra Ramada acolheu a notícia e se encarregou de espalhá-la.

Haveriam de dizer que, ainda no colo da parteira, se parteira houvesse, assim que abriu os olhos o bebê pôs-se a passar a mão em seus – dela, parteira – fartos seios. Não comprova a história nem a parteira, que uma e outra se mantêm discretas.

Sabe-se que se sabe muito pouco do ocorrido.

Sabe-se, por exemplo, que numa noite de chuva, e sem testemunhas que não a natureza e o silêncio das ruas, o desenho de uma mulher segurando alguma coisa contra o peito *não* foi visto por nenhum cristão ou macumbeiro – nem quando entrou pelos fundos no casarão de Tião Alves e sua irmã solteirona. Imaginem a cena: uma silhueta curvada e abraçada com uma trouxa de pano, a vergar-se contra o vento e o tempo, e apressada de obstinação e cautela em direção ao local, à morada talvez decisiva, talvez definitiva para o futuro do inocente a bastardo bebê de Pedra Ramada.

(Imaginaram? Em branco-e-preto ou em cores?)

Seria este um bom começo para aqueles folhetins e novelas que tanto ocuparam e embalaram, alegraram e entristeceram nossos avós e bisavós, sem excluir os mistérios do amor, os vilões e as velhas charnecas.

Pois assim foi, sem castelos nem charnecas.

Nasceu um bebê – e começa a nascer a nossa história.

II

O DIREITO DE NASCER

E COMEÇA MAL, como se vê: começa numa sexta-feira de agosto quando o viúvo Tião Alves (mais jovem, naqueles anos 1940) chegava de uma viagem à capital da República, à Cidade Maravilhosa de cassinos e praias e onde se hospedara na casa do irmão e cineasta Aurélio – para comprar equipamentos, tela e projetor, a fim de instalar o primeiro cinema de Pedra Ramada.

D. Brígida, a irmã solteirona, mandou que as empregadas esquentassem o jantar e a água para o banho.

Voltou ela para o canto da sala onde, hipnotizada em frente a um enorme e moderno rádio, continuou a acompanhar mais um capítulo da sensacional novela *O direito de nascer*.

"Mamãe Dolores, Mamãe Dolores, acuda-me pelo amor de Deus!"

Concentrado e circunspecto, Tião Alves degustava uma galinha caseira ensopada com quiabo, mais arroz e feijão, enquanto D. Brígida vertia algumas, sem dúvida furtivas, lágrimas com a entrada em cena ou em som do incomparável galã Albertinho Limonta.

"Só o amor, o eterno amor, consegue aplacar a moléstia da dor..."

Que bonito, pensou D. Brígida, enquanto Tião Alves se perguntava por que as mulheres adoravam aquelas xaropadas radiofônicas.

Terminado o jantar, Tião Alves se levantou e falou, quase gritando:
— Boa noite.
— Durma bem — respondeu a irmã, sem tirar os ouvidos da novela.

Tião Alves, já no quarto, tirou a roupa; foi até o banheiro e enfiou a mão na banheira para sentir a temperatura da água; voltou à cama e procurou o velho pijama debaixo do travesseiro — e, ao tocar no travesseiro, notou que alguma coisa se mexia, se movendo, semovente:
— Ué?

Abriu os olhos e a boca: Tião Alves fez então o que qualquer um faria, claro: devagar e cauteloso, levantou as cobertas, no entanto com rapidez.

Bem, ah, ora, pois — a verdade é que Tião Alves deu um pulo e um grito. O pulo foi para trás, como de se esperar; o grito, apesar de espontâneo e previsível, assustou e despertou o choro de um bebê refestelado na cama desproporcional para seu corpinho, a se debater com braços, pernas e voz.

— Brígida! Brígida! — Tião Alves pedia socorro.

— O que aconteceu, pelo amor de Deus! — D. Brígida chegou num pulo, como se estivesse ao pé da porta, e logo se espantou com o irmão, nu: — Tião, ficou maluco?... sem roupa...

Tião Alves correu para o banheiro, gritando e apontando com o dedo:

— Um bebê... tem um bebê na minha cama...

— Do que é que 'cê tá falando? — reagiu D. Brígida.

— Eu disse um bebê recém-nascido — Tião Alves voltou, enrolado numa toalha.

— Mas como é que essa criança... — e D. Brígida segurou-a nos braços e embalou-a para acalmar o choro. Mas é uma fofura...

— Gostaria de saber que brincadeira é essa. — Tião Alves não parava no mesmo lugar.

— E eu sei? — D. Brígida ninava o bebê.

— Chama a Maria...

Não foi preciso. A empregada já fora atraída pelos gritos.

— Maria, explica isso — Tião Alves segurava a toalha.

— O que é que foi? — e Maria viu a criança. — Mas que fofura!

— Será o pé-do-benedito — e Tião Alves quase deixou cair a toalha. E, depois de ver D. Brígida fazer bilu-bilu para a criança: — Pára com esse bilu-bilu aí! Eu tenho o direito de saber como essa criança apareceu na minha cama, e você fica dizendo bilu-bilu, que é uma forfura...

Seu discurso foi interrompido com a chegada de D. Benta, a cozinheira, esbaforida:

— Minha Nossa Senhora da Aparecida!...

— Não é nada, não — disse Tião Alves, mudando o tom de voz. — Apenas brotou, como uma alface, um recém-nascido na minha cama...

— Alguém já viu se é macho ou fêmea? — lembrou Maria.

D. Brígida pousou a criança na cama, abriu as poucas e surradas fraldas e examinou-a como um médico:

— É... homenzinho da silva.

— É melhor chamar a polícia — reagiu Tião Alves.

— Cruz-credo — disse D. Benta.

— Que coisa mais maluca, Tião — disse D. Brígida. — Coitadinho, não é ladrão nem nada.

As três mulheres meteram-se a falar ao mesmo tempo, silenciando o perplexo Tião Alves — por fim, D. Brígida se impôs, concluindo que o bebê, pelo menos naquela noite, dormiria no quarto dela.

III

INCERTIDÃO DE NASCIMENTO

NASCI NUM DIA DE SOL
no sertão pernambucano.
Nasci de pé no chão,
no Rio Grande por engano.
Nasci em qualquer lugar
que coubesse meu tamanho.
Nasci de uma dor materna
daqueles partos de antanho.
Nasci em pleno janeiro,
fevereiro tomei banho.
Nasci todos os dias
como sol quando não chove.
Nasci se bem não me engano
já falando automóve.
Nasci e nasço também
quando quero querer bem.
Nasci e fica então dito
como a um homem convém.*

---

*Poema do personagem, escrito muitos anos depois, é verdade. (N. do E.)

IV

O MISTÉRIO MATERNO

DORMIU. Dormiu muito o bebê – tanto que cresceu. Encurtaríamos caminho e ganharíamos tempo se disséssemos que o bastardo bebê em questão – aquela "fofura" – acabou adotado pelo viúvo Tião Alves e sua solteirona irmã D. Brígida? É possível, já que três capítulos iniciais seriam mais do que suficientes para registrar o aparecimento do herói.

Mas permanecia um mistério.

Ventos ou vozes sopraram nos ouvidos de Tião Alves que a desalmada mãe da criança era uma camponesa que morava nas terras dele – a Genny.

Tião Alves mandou chamar Genny.

Sob o peso da surpresa e da expectativa, Genny chegou, com o corpo curvado como um ponto de interrogação. Mas quem fez pergunta, dispensando introduções, foi Tião Alves:

– Você... é você, Genny, a mãe da criança?

De cabeça baixa, ela mexeu os lábios, mas nenhuma palavra se fez ouvir.

Tião Alves insistiu, com todo o peso de sua autoridade.

– Sei não... – murmurou ela, acuada.

Tião Alves insistiu, que confessasse... Sua presença e o tom de voz intimidaram Genny mais ainda, e ela não conseguia responder, parada e muda, olhos caindo no chão.

Tião Alves tomou sua vergonha como uma confissão – e expulsou-a.

V

ELIPSE

RIO ACIMA, LADEIRA ABAIXO – bem, voou tanto o tempo, carregando consigo os pequenos personagens de Pedra Ramada, que iremos encontrar essas mesmas pessoas, dez anos depois, todas elas (não é uma coincidência?) dez anos mais velhas. Menos D. Brígida e Genny. Quer dizer, Genny deveria estar dez anos mais velha, mas sucede que ela desapareceu talvez para sempre de Pedra Ramada e de nossa história. E D. Brígida? D. Brígida, coitada, capotou – aliás, o carro em que ela vinha, e não ela – e foi-se deste mundo para outro melhor ou pior, lá onde não se festeja aniversário.

Mas os anos contaram – embora ele nem o percebesse – para o nosso herói e ex-bebê Francisco, o Chiquinho (creio que não houve tempo de dizer que assim ele foi batizado e chamado): via-se em seu corpo espichado, saindo da infância, entrando na puberdade. Sorridente, saudável, bonito, vadio, brincalhão, vagabundo – ou seu-cara-de-todos-os-bichos, como Tião Alves o chamava, quando zangado. Chiquinho era muito querido.

Agora – então – quando dez anos se passaram...

(É um artifício um pulo assim, de tantos anos – o que se chama elipse –, mas, se os autores não usassem nenhum artifício, quem disse que eles conseguiriam escrever suas histórias?)

VI

O RIO QUE NÃO ESTAVA NO MAPA

ERA O RIO AVANHANDAVA. Não adianta procurar no mapa: o rio Avanhandava era tão limpo e tão lindo que até parecia rio inventado, e nada do que é inventado aparece nos mapas.

Chiquinho dormia quando escutou um barulho na janela.
— Quem é? — falou, assustado.
— Sou eu, Pirulito.
Sonolento, Chiquinho abriu a janela.
— Tá soprando um vento bom — disse Pirulito. — Você não queria andar de barco? Pois então: é hoje ou nunca.
Chiquinho hesitou — devia passar da meia-noite —, mas falou:
— Espera eu vestir o calção.
Rapidinho, pulou a janela.
Minutos depois, chegavam à margem do rio que não estava no mapa. O barco, amarrado num toco de árvore, batia e rebatia no barranco, num vaivém disciplinado. O vento alternava marolas nas águas no ponto em que o Avanhandava roçava a terra de Pedra Ramada, e rãs e sapos coaxavam, uma coaxação só na sinfonia da noite.
Embarcaram — noite clara, lua cheia.
Pirulito controlava a vela e orientou Chiquinho a lidar com o leme — ele, atrás, quase deitado. O barco assim penetrava no rio,

e ao mesmo tempo parecia conduzido por ele. Os olhos de Chiquinho brilhavam com a peripécia: navegava pela primeira vez.

— Pra onde a gente tá indo? — perguntou Chiquinho, depois de certo tempo.

— A gente, não sei. — Pirulito virou um pouco o rosto. — Eu vou até o mar.

Resposta mais maluca, pensou Chiquinho. Mar? Percebeu os olhos distantes de Pirulito. Chiquinho coçou a cabeça, como sempre fazia em situações complicadas. Dizer que não sentia medo... Pior seria pular fora, nadando no escuro. O rio, tranqüilo (mas o mar?!), um vento suave e uma lua que mais parecia um queijo-de-minas.

Muito tempo se passou e nenhuma palavra entre eles. Conciliando atenção e ansiedade, Chiquinho não tirava os olhos lá da frente, da barra do Avanhandava com o mar-oceano a se aproximar, desconhecido.

Navegavam. Ao chegarem ao ponto em que o liso e manso rio se chocava com o encrespado e irrequieto mar, o barquinho virou casca de noz. Pirulito ficou sem ação, Chiquinho se recolheu: a água molhou um e outro.

— Pelo amor de Deus, vamos voltar — gritou Chiquinho.

— Voltar como? — sussurrou Pirulito, largando a vela e o corpo numa mesma desistência.

— Desgraçado! Não quero morrer! — E Chiquinho jogou-se em cima de Pirulito, recuando ao ver que ele não reagia, olhos fechados.

O Avanhandava, a barra, Pedra Ramada ficaram para trás. Mar pela frente, mar pelos lados, mar por cima, mar por baixo: ondas a embalar, sacudir, jogar o barco, e eles dois, molhados até a alma.

Pirulito dormindo ou desfalecido — Chiquinho não conseguia, pois nem sabia manejar a vela, o leme, os remos, inúteis: e o barco dava voltas e voltas, à deriva. Chiquinho descobria o que é que a gente sente quando a gente sente medo – e fechou os olhos, como se a noite caísse dentro dele.

....

Uma pequena luz surgia pouco a pouco. Primeiro um olho, depois o outro: com os dois olhos abertos, Chiquinho descobriu-se dentro de um outro barco, bem maior, com gente à sua volta.

– Nasceu de novo, moleque – disse um pescador. E explicou: avistaram aquele barquinho-fantasma, se aproximaram e encontraram os dois lá dentro, desmaiados.

– Nasceram de novo – disse outro pescador.

Sãos e salvos, os heróis foram levados para Pedra Ramada.

O velho Tião Alves não achou que Chiquinho fosse herói de coisa nenhuma: deu-lhe uns cascudos, chamou-o de seu-cara-de-todos-os-bichos e proibiu-o de sair de casa até o final das férias.

VII

O QUE FAZER?

OS DIAS PERDIDOS ou lentos são difíceis de acompanhar ou de ultrapassar: o castigo de Chiquinho continuava. Já lera e relera os raros gibis e *Patos Donalds*, e livros que havia em casa; não sentia vontade de brincar com os carrinhos de lata e madeira; sem paciência para escutar rádio o dia inteiro. Mais quinze dias, ainda. Será que merecia aquela prisão em casa? Seu pai não voltaria atrás? O mundo ficava lá fora: calor e rio, pitanga e jabuticaba, futebol e a turma. Enquanto isso, implicava com D. Benta – "Sai, capeta! Benza Deus!" – e era só descuidar e lá estava ele no quintal, assustando galinhas, patos e marrecos.

Tinha bicho-carpinteiro no corpo. Chiquinho só sossegava na hora de *Jerônimo, o Herói do Sertão*, sentando-se junto ao grande rádio no qual D. Brígida escutava *O direito de nascer*.

No entanto, mesmo dias iguais podem ser diferentes: eis que apareceu e foi bem-chegado, como sempre pela porta dos fundos, e só quando lhe dava na telha, a figura de... – de quem mesmo?

Adivinhe o leitor.

VIII

CADA RUGA UMA HISTÓRIA

ENGANOU-SE SE PENSOU em Genny, caro leitor, revelando assim sua tendência para o dramalhão; no esquisito Pirulito, ou em algum companheiro de escola ou de rua do Chiquinho.

Quem chegou foi João Índio, de nome Tiaraju, um personagem solto da cidade.

Antigo, o rosto de Tiaraju era desenhado como um mapa: cada ruga escondia uma história ou lenda, a revelar ao mesmo tempo sofrimento, sol e vento. Quase não ria mas arreganhava os dentes para Chiquinho, gostava dele que não mexia com o índio "véio" como os outros moleques.

João Índio apareceu na tarde vadia para saber da aventura do "seu menino" no meio do mar.

Chiquinho não queria outra coisa, sopa no mel: alguém com quem conversar e ainda por cima contar de novo sua odisséia marítima – e contou, sem esquecer os detalhes, colaborando mesmo com eles – aumentando os ingredientes da história, espichando-a.

Quando acabou, João Índio riu muito, sentado na escadinha do avarandado.

– Esse menino... – E parou de rir, como se pensasse. – Agora conto pra tu umas verdades de mui antigamente que meu bisavô

contou pra meu avô que contou pro meu velho pai que contou pra mim. Escuta só.
Chiquinho escutou.
Aproveitem e escutem também.

– Era uma noite só, inteira, noite de piche. Luz, claridade não havia: era uma noite tão antiga como se o dia nunca mais fosse nascer. Os homens viviam tristes, e porque nem mais sobrassem labaredas nos fogões, poupando os últimos tições, só se alimentavam de frutas e canjica. Apois os olhos dos homens, tão bambeados de só enxergar a noite que não se via, ficavam horas e dias, quer dizer, noites, fincados no chão como árvores, cismando, desconfiando. No meio de tanto silêncio e negrume às vezes se ouvia cantiga de bicho-com-alma atravessando a noite: era a alma-de-gato e era o téu-téu, sem dormir desde que o sol se apagara. Apois a alma-de-gato e o téu-téu...
– O que é téu-téu? – interrompeu Chiquinho.
– É o teréu-teréu, terém-terém, tero-tero, o passarinho que canta quero-quero – respondeu João Índio.
– Ah, o quero-quero! – falou Chiquinho. – Continue...
– Aí a noite pra sempre parecia obra do Anhagá-Pitã, o diabo de vocês. Mas minto: no último dia que o sol mostrou sua cara desabou uma chuvarada de inundar a alma, os campos encheram, as lagoas e rios taparam os bambuzais, taquerais e banhados que se juntaram num só, sangas e arroios e riachos, a mesma coisa. Eta desespero: os bichos dispararam até o pé dos montes, terneiros e onças e pumas e potros e aves e bois e perdizes e guaraxains e preás se uniram na raiz daquela serra; as cobras se enroscavam nos enredilhados dos igarapés, e nos altos dos arbustos, ratões-

do-banhado, formigas, aranhas e insetos se arranjavam. Resultado: a água entrou também no esconderijo da cobra-grande, a boiguaçu, que dormia há muitas luas alheia à noite. Ela acordou e, vupt, saiu rabeando e volteando em ziguezague, fera que era. "Depois a água foi baixando e o que era bicho virou carniça. Bom pra boiguaçu, que se pôs a comer os olhos da bicharada recém-morta – só os olhos, mais nada. E tantos olhos comeu a boiguaçu que. Bem, aqueles olhos ainda guardavam a última réstia de luz que haviam aprisionado do último sol antes da noite grande..."

João Índio parou, como se seus próprios olhos estivessem perdidos.

– Conta mais – pediu Chiquinho.

– Meu menino não arruma água-que-passarinho-não-bebe?

Chiquinho entrou na cozinha e voltou com um copo da cachaça de Tião Alves.

– Eta menino bom! – João Índio pegou o copo e esvaziou-o de um gole só. E antes de recomeçar, passou as costas da mão nos lábios. – Daí então... aqueles olhos todos mudaram a boiguaçu. A cobra-grande não tem pele como o bezerro nem casco como o tatu nem couro como a anta, e assim o corpo da boiguaçu ficou transparente, alumiado pelo brilho dos olhos aflitos dentro dela: virou uma luz só, clarão sem chama, fogaréu azul-amarelado daqueles olhos todos alojados nela, quando ainda acesos. Os homens, ao verem a boiguaçu iluminada, não reconheceram ela e batizaram ela de novo: boitatá, cobra-de-fogo. E quando o boitatá rondava campos e descampados, os homens assustados com aquela cobra de três metros morriam de medo, corriam, se escondiam. Tinham razão: acabadas as carniças, o boitatá queria os olhos dos vivos.

"As luas se sucederam e o boitatá foi definhando: pura fraqueza, pois os olhos engolidos encheram o corpo dele, mas sem substância: serpenteava metros de cauda do boitatá em cima das pilhas de carniça – e o corpo da cobra-grande e alumiada desmanchou-se como tudo que nasce da terra. Morreu. Em seguida, milagre: o negrume geral se desmanchou, breves estrelas surgiram no céu, cada vez mais claro: logo subia uma linha de luz nas lonjuras e depois a metade de um céu de fogo claro, lento, devagar – e era o sol que subia, subiu como era antes, igualando dia e noite nas duas metades de sempre."

João Índio ficou em silêncio. Será que terminou?, se perguntou Chiquinho. Não devia ser verdade, mas era bonita: mentira pode ser bonita? Mas, não, João Índio ainda falou:

– A luz do boitatá anda por aí, arisca e perigosa, mas quem encontrar com ela é só fechar os olhos e prender a respiração até ele desaparecer: se olhar de frente, fica cego, vê mais nada.

IX

O VÔO DO TEMPO

— VÊ SE NÃO ME INVENTA mais nada — disse Tião Alves, abreviando o castigo do filho.

Chiquinho andou uns tempos (semanas? dias?) bem-comportado; assistiu ao final do seriado *Flash Gordon*, no Cine-Teatro Imperial do seu pai.

As aulas começaram e o ano passou. Aquele, como outros, muitos outros: os dias, os meses — como a andorinha, como a alma-de-gato, como a tesourinha, o quero-quero que também era téu-téu — voaram, voaram, voaram.

Sim, cinco anos se passaram. Assim gira o mundo.

Pedra Ramada crescera; nosso herói, mais ainda.

Pois imaginem Chiquinho com quinze anos. Imaginaram? Ainda estão imaginando? Como ele ficou?

Comprido e desengonçado?

Corpo atlético e bem-feito?

Irresponsável ou consciencioso?

Alegre ou triste?

Bonito ou feio?

Alto ou baixo?

Magro ou gordo?

Imagine, leitor, mas imagine com boa vontade para melhor desenvolvimento da história, a circular sem maiores transtornos e desvios.

Pois aos quinze anos Chiquinho deixou de ser Chiquinho. Por causa do único "poeira" de Pedra Ramada – o Cine-Teatro Imperial, onde às vezes ele, convocado pelo pai Tião Alves, "dava uma mãozinha" – inventaram um apelido para o personagem. Capitão Poeira.

Chiquinho não gostou; logo se acostumou – e Capitão Poeira ficou.

Prólogo à moda antiga*

(e fora de lugar)
Brás Cubas

---
* Possivelmente psicografado. (N. do A.)

POIS, ARRE! – E CÁSPITE! CÁSPITE! – caro e preclaro leitor, com a vossa bênção e permissão e vênia (ah! logo no início, como num portal de desavença ou estranheza) para tal-e-qual suspiro de impaciência e desabafo deste antigo e antiquado servidor de vossas letras, leituras. Somos os primeiros a reconhecer que assim mal encaminhamos, ou encaminhamos mal, as presentes linhas de prefácio, intróito ou prolegômenos. No entanto (todavia, porém, entretanto: escolhei, leitor!) que estas linhas não cheguem a se embaralhar nem a nos embaralhar, pois o que se pretendia dizer, em suma, e já no parágrafo inicial, era bem outra cousa, embora com o mesmo, quiçá, grão de espanto. E assim posto, sem conseguir dizê-lo, chega ele, parágrafo, a seu bom termo. Consolemo-nos, nós e o leitor, posto que ninguém, nem nada, seja perfeito – sabedoria popular que inclui também as almas perdidas doutro mundo –, e o segundo parágrafo já se encontra a caminho.

(Ei-lo. E o seguinte:)

Ora, que Joaquim Maria Machado de Assis, carregando nos matizes sombrios do pessimismo, confessasse ter escrito seu mais notório romance para dez leitores ("Dez? Talvez cinco."), cousa é que admira e consterna. Acresce que o escritor, assentado em anos lidos e vividos, atravessava as brumas de uma maturidade costurada de memórias póstumas, passadas e futuras; desconte-se-lhe nossa possível impressão pessoal e passageira. Não importa; o livro que ora nos honra e nos desafia introduzir e apresentar revela uma vantagem em relação ao outro, aludido e adormecido em alguma estante da Biblioteca do Passado. Qual? Pois – se não nos falhar a observação, por miopia ou distração – um simples e singular detalhe: o fato de ser este novo livro fruto (florplanta?) de variadas semeaduras e germinações; em outras palavras: conseqüência de cogitações e elaborações de sete autores (ao que parece; eles nem sempre aparecem); e concluindo que, como sói acontecer, sejam eles seus primeiros leitores, bem, parte-se daqui de onde Joaquim Maria Machado de Assis cogitava chegar. (Mesmo descontando a humildade ou o fingimento humanos, matérias, como os sonhos, com as quais os romances são feitos.) Desnecessário dizer, equivocou-se o Bruxo do Cosme Velho, e longe foi a sua obra. E nós, aonde pretenderemos chegar? (Imagina-se a pergunta, pertinente, do leitor!) Sabê-lo-emos, de fato?

De fato, sabíamos, no início, da necessidade de se tirar o pincenê da soberba (ou do nariz; o mesmo nariz onde homens de bem como nós introduzimos pitadas de rapé!) para melhor enxergarmos a Verdade, através de seus reflexos e vestígios. E para tanto não poderíamos – atrás do biombo de uma comparação desigual, que o é toda comparação – ultrapassar e atropelar personagens, pessoas, calendários, pois (tenho cá elementos para dizê-lo) daquela época a esta alteraram-se e ampliaram-se o país e o mundo – e com certeza o número de leitores.

"Cáspite!", dissemos?

Fora do tempo e lugar, a expressão: melhor seria apagá-la com a borracha do esquecimento: afinal, *O equilibrista do arame farpado* – conforme já o vereis, caro leitor – resiste aos ventos frágeis das comparações eruditas e mantém-se à parte (em pé?) nas estantes de todas as histórias. Sim, de direito e deveras, difere esta narrativa – e não pouco – da biografia imaginária concebida por Joaquim Maria Machado de Assis, e vivida e contada (pós-morte, é verdade) por este Brás Cubas que vos fala, vosso criado, e malfadado criado, obrigado. (Inconveniente referirmo-nos à nossa própria pessoa? Os defuntos narradores, assim como os autores defuntos, por definição, não são dotados de voz nem vaidade: manda assim a prudência, e a fluência, que viremos logo esta página: se o estilo é o homem, o homem está morto e enterrado.) *O equilibrista do arame farpado* (curioso título para uma biografia – ou não o será?) é obra de invenção, de inquietação, de divisão; é romance "coletivo"(?) e "utrópico"(!), palavra sem registro nos dicionários e sem uso nas rodas do nosso tempo. Igualmente constituía regra geral na nossa época, com exceção dos históricos Enciclopedistas, pelo que nos conste, a autoria exclusiva ou única dos livros. O caso em questão, como se sabe, é de outra monta, embora *um* seja o *nom-de-plume* a estampar-se na capa, na folha de rosto e nos futuros registros de bibliotecas, quiçá exigência do editor para assim não confundir os leitores da trama que já já se inicia, sem esquecer os profissionais dos rodapés literários. E ao se trans/ler a atual e atuante narrativa, de vários e anônimos autores, encontraremos nela algumas "rabugens de pessimismo", ao passo que este ou aquel'outro narrador se serviu, com certeza, da "pena da galhofa", ou da "tinta da melancolia". Nada demais: assim se escorre a vida, como o rio da História e de Heráclito. Além disso, a paleta dos pintores contém todas as cores. Ou dir-se-á que não? Sempre haverá quem discorde disto ou daquilo, quem, a propósito, evoque a célebre *clarté* de Flaubert. (Minha memória, póstuma em sua origem, carrega dúvidas: não seria Stendhal? Stendhal, ao menos – e disso me lembro –, utilizou-se do vermelho e do negro.)

Pronto, caro leitor! Com pinceladas suaves, ou a se carregar nas tintas, recaímos nós – este vosso Brás Cubas, em especial – em circunstâncias ou vivências das gerações de antanho, quando literatura eram os *romans* parisienses que desembarcavam no Cais Pharoux, fluminense, não obstante o nome. Como já retirei o pincenê, sei que hoje a questão literária não se restringe à França, e, por pouco, na verdade, *O equilibrista do arame farpado* não nasce em pleno século XXI, tão e tão distante, conclui-se, daquelas outras *Confissões de um filho do século* de rara lembrança e não raro esquecimento. Natural: brasileiro, coletivo e utrópico, o que resultará deste conúbio da galhofa e da melancolia, só o futuro dirá. No entanto, surdo e mudo de nascença, o futuro não fala, consoante nossos alfarrábios e entendimentos. Falemos nós por ele: acresce ao que já foi dito, que a gente grave encontrará neste romance páginas de reflexão, ao passo e compasso que a gente frívola nele encontrará... coisa alguma, que os frívolos não carecem de literatura. De graves e frívolos faz-se o consenso geral, na vida – já o disse alguém, em alguma página perdida e esquecida.

Pois, caro leitor, neste ponto e a esta altura, desvisto o manto retórico do pronome pessoal-impessoal "nós", me adiantando a esse mesmo e suposto leitor que já deve ter se perguntado como e por que eu, Brás Cubas, entro nesta história toda. Lamento dizer que não entro; fico aqui mesmo na porta de entrada: conheço meu lugar e minha circunstância. Explico, se é que de explicações não se alonga este prólogo à moda antiga.

Chovia, fazia frio e era uma sexta-feira.

(Falar em manto protetor da noite seria impropriedade de poeta.)

À luz de uma vela solitária, todos os autores e possíveis personagens do relato de aventuras sentaram-se em volta de uma mesa feita de pau-brasil, negra e talhada – as pernas e as bordas, com volteios barrocos. Concentravam-se eles em uma cerimônia de sombras: um ritual de espíritos e assombrações. Os dedos de cada um tocavam os fundos de um copo emborcado sobre a superfície da mesa, também ela silenciosa e cúmplice. E assim o referido copo se pôs a andar, sem rumo ou norte, ziguezagueando, como se buscasse as letras do alfabeto marcadas em pedaços de papel espalhados – e com as letras, uma a uma, num jogo de recuo e acerto, foram-se formando palavras. E, como se sabe, palavras costumam gerar frases, sentenças. É aqui que entra o X da minha questão: não saberia dizer por que, mas o fato é que houve uma espécie de convicção conjunta durante aquela tertúlia com o Além, e, espírito de boa índole e transparência, espírito *soît-disant* disciplinado, enfim, acabei comparecendo àquela sessão, ou nela "baixando", como diríeis vós, incrédulo leitor. Pois tudo o que com fé se busca resulta em encontro, ainda que para tanto se utilize apenas de um copo selvagem, mais uma junção de consciências. A ciranda de vidro prosseguia. Ao perceberem eles uma luz, recolheram suas idéias ou farrapos de idéias fugidias e decidiram que, juntos, escreveriam a presente história – e o prefácio, a se realizar no momento apropriado, caberia a ninguém mais ninguém menos do que à minha irrisória e defunta pessoa, vosso espírito andante, Brás Cubas.

Esdrúxula conclusão, ponderei.

Supimpa idéia, acharam eles.

Estultiça, insisti, com risco de quebrar a harmonia e a cadeia de concentração que fazia a escrita do copo e dos espíritos. Somando a inutilidade da minha retórica ao tédio à controvérsia do meu amigo e autor (o qual me contaminou, confesso), resultou de aceitar eu a indicação. Ao mudar de idéia, mudei de ânimo para não os decepcionar. Quebro, portanto, o silêncio que me impuseram durante um século ou mais, e, com a percepção desperta de quem está falando para uma outra época e, quase certo, para um outro mundo, escrevi e ainda escrevo a presente apresentação – breve, espero, pois o melhor prólogo é o que menos frases contém.

Antes, imperioso confessá-lo: a princípio, li, reli e transli este conjunto ou coletivo romance enchendo-se meu espírito de complexidade: *Oh, tempus! Oh, mores!* Mas, com o tempo e a prática, ele me teve cativo: rendi-me ao romance, e não esconderia minha admiração por seus responsáveis ou irresponsáveis inventores. Ponho-me, assim – cá do outro mundo –, a contemplá-los e a vigiá-los, autores e personagens. Sim, pois o livro é tudo em si mesmo, caro e preclaro leitor – que ele bem lhe agrade. Do contrário, encontrar-me-ei convosco à meia-noite em ponto de uma sexta-feira, em vossa própria morada ou numa encruzilhada qualquer da cidade.

B. C.

EM BUSCA DO FIO DA MEADA

Como você quer que seja a trama? Se tiver alguma idéia de como gostaria que fosse o desconhecido, ou se já imagina como será a obra, me mande dizer que farei com que se escreva para você, pagando a um personagem (ah, leitor, se for o caso, agora mesmo!) por aquilo que você está imaginando.

Por outro lado, pedirei que interrompa a leitura deste livro o maior número possível de vezes: talvez, quase certo, que o que você pensar nesses intervalos venha a ser o melhor do livro.

Felisberto Hernandez, *Filosofia de gângster*

ENTÃO, ARRE, E ASSIM ESTANDO e sendo, começou a história que não queria começar, a história que não queria começar a si mesma, em si, ensimesmada, como Sísifa mal-amada, Narcisa bem-amada – começou e avisou:

– Olhe, psiu, escute aqui: estou começando, comecei finalmente.

No entanto (vamos reconhecer), a história que não queria começar tinha suas razões: sim, começar, começava; mas depois, hein, como continuar, des/envolver-se, rolar e enrolar-se, desenrolar-se toda, de que jeito-maneira, hein? Claro e escuro: haveria de ter o que dizer, ela, a história, mas que história é (era/será) essa-aquela?

Qualquer (toda?) história tem começo, meio e fim:

Começo: Nasceu;

Meio: Cresceu, viveu;

Fim: Morreu.

Assim, nossa história já nasceu e haverá de morrer, mas é o que é: um meio só, espichado, rápido e devagar, divagado, caroço de fruta e não fruta, miolo do miolo, maneira de dizer dizendo.

História de fato e verdadeira, mentirosa e irreal, juramentada, sacramentada, acontecida, inventada, com firma reconhecida e desconhecida – a vida.

O que se vai ler: tudo é verdade – menos a realidade.

Onde se passa o que se passa: o Brasil não existe, e os autores sabem disso porque nasceram no Brasil.

Sinais particulares: divisões.

Símbolo confuso: Alma-de-gato.
Marca registrada: Nenhuma (até aqui).
Repartição de bens/Distribuição de rendas: Literatura para todos! abaixo a Literatura!

Hipótese de trabalho: se alguém ou alguma coisa morreu foi a própria história, de cansaço e repetição, de uso e abuso – de tantas mentes e entrementes, nos entretantos e poréns, todavias e talvezes, de tantos aconteceres e falares, tanta correria e quase nada, ação, reação, circo, pão e não.

(Enquanto o trapezista, a contorcionista e o palhaço se perguntam se vale a pena viver, o espetáculo no picadeiro não começa – ou não prossegue.)

(O autor inaugura um outro parêntese para dizer que o rádio, na sua frente, está desligado – e conclui que não é um rádio, pois, como se sabe, um rádio se define pelo som, fala ou música.)

Quem disse que eu disse o que eu não disse?

Os olhos a nos/me acompanhar, o que são, delicados olhos ou lanternas na escuridão? Luz de beira da estrada ou lâmpada de interrogatório? Com os olhos se vê a vida e o mundo, escutai os ventos uivantes. O poeta ou personagem escreveu:

"Escrevo como o andar dos bêbados nas noites vagabundas e adormecidas, sem pressa e sem rumo, tropeçando."

("Linguagem é cumplicidade", pensa o autor, profundo.)

O que irá acontecer daqui pra frente é um mistério.

Mistério não tem mistério: é investigação, e o autor vem se investigando desde que nasceu. Até hoje nada encontrou, além do vazio do ego, da lama do *id,* da vigilância do superego. (Depois disso, e, por enquanto, seu superego foi ao supermercado.)

O autor sente a necessidade de declarar que:

Vivo, sou ou estou preso ao meu umbigo. (O que não seria de se estranhar; de se estranhar seria se vivesse, fosse ou estivesse preso ao umbigo de seu vizinho.)

O fio.

Perdeu-se o fio da meada.

O fio da história, o fio de cabelo, o fio da aranha que, tecelã, vive do que tece – perdeu-se.

Procura-se o fio da meada, vivo ou morto, gratifica-se a quem encontrá-lo.

Mas o autor, como se não pudesse viver sem seu fio de Ariadne, não se fez esperar e saiu à procura de um bom profissional.

O escritório do investigador *private eye* particular Philip Marlowe estava aberto, mas não havia ninguém. O autor sentou-se na ante-sala e folheou exemplares antigos da *Mask Stories* e *Black Stories*, fumando e esperando.

Depois de mais de meia hora – nenhum cliente; nem o dono do escritório aparecia –, ouviu passos.

Um rosto redondo e de olhos esbugalhados mostrou-se no vão da porta, mas ao ver alguém na ante-sala recuou – e desapareceu com passos macios, cautelosos.

(Parecia o Peter Lorre.)

O autor continuou na sala da espera; leu uma *short story* da revista; acendeu mais um cigarro. Sentia-se a ponto de desistir quando –

Outros passos se aproximavam; pararam; prosseguiram.

Philip Marlowe foi entrando, e olhou o autor de relance.

– *Mr. Marlowe, I presume* – disse o autor.

– *Yes, what can I do for you?* – e Philip Marlowe fez sinal para que o autor entrasse em seu escritório.

– Bem, Mr. Marlowe, estou precisando de seus serviços...

– Ótimo – disse ele. – Cinqüenta dólares por dia fora as despesas.

– O senhor nem sabe do que se trata – falou o autor.

– Mas sei quanto vale meu tempo, Mr. – disse ele.

— Skizofrenik, Kid. Kid Skizofrenik.

— Mr. 'frenik, acho melhor irmos direto ao assunto, pois ontem extrapolei minha dose diária de *scotch* e minha cabeça está parecendo o Empire State Building.

— Bem, Mr. Marlowe — disse o autor —, ou tento...

— Lamento dizer, Mr. 'kizofrenik, mas seu nome não é 'Skizofrenik.

— Como assim? — disse o Autor, intrigado.

— O senhor parece mais Emiliano Zapata do que John Huston.

— Não sou mexicano, Mr. Marlowe; sou brasileiro.

— Brazil, hun? — parecia acostumar-se com a idéia. De Buenos Aires, como Carmen Miranda?

— Lamento, mas errou de novo — disse o Autor.

— Geografia nunca foi o meu forte, Mr. 'Skizofrenik-ou-que-nome-venha-a-ter — disse Marlowe. — A geografia que um detetive particular precisa conhecer são as ruas da sua cidade, e essas eu conheço, mais do que Sam Spade, posso garantir. — Tirou uma garrafa da escrivaninha e derramou um líquido amarelo num copo nada limpo.

— Pensei que o senhor estivesse de ressaca — disse o Autor.

— O senhor não está aqui para pensar, Mr. Brazilian — e Marlowe engoliu um gole considerável.

— Resposta nada simpática, Mr. Marlowe — disse o Autor.

— Não sou pago para ser simpático — e Marlowe aproximou a garrafa do Autor. — Sirva-se, mesmo assim.

— Não bebo em serviço — disse o Autor.

— Eu é quem deveria dizer isso — falou Marlowe.

O Autor ficou confuso: Philip Marlowe tinha um temperamento difícil e um copo de uísque na mão.

— Mas a que devo sua visita, Mr. Brazilian? — o tom de voz mais apropriado.

— Bem, Mr. Marlowe, sou escritor e...

— Não; mais um — disse ele. — Acabei de resolver um caso complicado e que tinha como pivô um escritor alcoólatra. — Parou e percebeu que o Autor não havia tocado na garrafa. — Pelo menos não me parece um alcoólatra, não é mesmo, Mr. Brazilian?

— Meu nome é Kid Skizofrenik, Mr. Marlowe.

— Claro, claro, um pouco complicado para quem está de ressaca — e esvaziou o copo de um gole só, depois olhou o autor à sua frente, como se pela primeira vez prestasse atenção nele.

— Desculpe, Mr. 'Skizofrenik — parecia sincero. — Minha vida não é exatamente um jardim de rosas ou um jardim de delícias: a palavra é *tough*. É preciso ser durão para viver nesta cidade dura. Enquanto conversamos, centenas de inocentes estão sendo violentados, assaltados ou assassinados pelas ruas de L.A. Esta não é uma época de poetas, Mr. 'Skizofrenik.

— Não sou poeta, Mr. Marlowe.

— Não importa, vamos ao seu problema.

— Bem — disse o Autor —, acontece que eu perdi o fio da meada.

— Pois então retome-o — disse Marlowe. — Não tenha pressa...

— Temo que o senhor não entendeu — disse o Autor, em tradução de tevê.

— Então comece pelo princípio — disse Marlowe.

— Sim, pelo princípio — disse o Autor, lembrando-se de que o princípio era a chave de tudo. — É exatamente esse o problema, Mr. Marlowe. Meu editor, e suponho que meus leitores também, espera um novo original de minha autoria, e no meio do caminho, ou no princípio, como o senhor disse, perdi e não consegui achar mais o fio da meada, entende?

— Meada? — e Marlowe olhou o Autor, enviesado.

— É, meada, começo, meio e fim — disse o Autor.

— Começo, meio e fim — repetiu Marlowe, bebendo. — *What the hell* o senhor está falando, Mr. 'Skizofrenik? Eu sou um detetive particular.

— Por isso mesmo é que eu vim de longe para vê-lo — disse o Autor.

— Pois agora que já me viu Mr. 'Skizofrenik — disse ele, sempre com o copo na mão —, pode retomar o caminho de volta.

— Nada cordial de sua parte, Mr. Marlowe — disse o Autor.

— Taí uma palavra que não se usa na minha profissão. Mas como o senhor é da terra de Pancho Villa...

— Já disse que não sou mexicano, Mr. Marlowe — interrompeu o Autor.

— História também nunca foi o meu forte — disse ele. — Enfim, como o senhor veio do Brasil, vou lhe dar a última chance.

— Pretendia contratar os seus serviços para que o senhor vivesse uma grande aventura e depois me contasse essa aventura com detalhes — disse o Autor, num ímpeto. — Dessa maneira poderia ter uma história com começo, meio e fim, como esperam meu editor e meus milhares de leitores.

— Impossível, Mr. 'Skizofrenik; já sou, ou fui, personagem de outro escritor, Raymond Chandler, como o senhor deve saber.

— Se eu mudar o seu nome não haverá problema de direitos autorais — disse o Autor. — Mudaria também o nome das ruas e da cidade. Estritamente confidencial, Mr. Marlowe.

— O senhor só não está levando em conta uma coisa — disse ele, servindo-se de mais *scotch.*

— O quê? — disse o Autor.

— Eu — disse Marlowe. — O fato de Chandler ter me feito personagem não significa que eu não exista, como muito bem prova essa ressaca.

— É justamente o senhor que gostaria de contratar — disse o Autor —, e não um personagem de ficção.

Philip Marlowe inclinou a garrafa e ao cair no copo o líquido fez o vidro brilhar.

— Lamento — disse ele. Fez uma pausa; seus olhos pareceram perdidos. — Depois de um longo, solitário e triste adeus, talvez tenha chegado a hora de pendurar as luvas de boxe.
— Heróis não se aposentam, Mr. Marlowe — disse o Autor.
— Vocês mexi... brasileiros são sempre gentis? — disse ele. — Bem que eu gostaria de conhecer Bue... Rio.
— É uma cidade bonita como San Francisco — disse o Autor.
— E com a violência de Los Angeles? — perguntou ele.
— Tem lá os seus problemas — disse o Autor. — E muita investigação a ser feita, Mr. Marlowe.

O velho detetive encheu o copo de *scotch*, que ainda brilhava com o reflexo da luz entrando pela cortina de tiras horizontais. O Autor percebeu a mão dele tremer ao aproximar a bebida dos lábios.

— Minha proposta é sessenta dólares por dia — disse o autor, não sem pensar na constante alta do dólar em seu país. — Além das passagens, estada e despesas, claro.

Philip Marlowe retirou os olhos do copo e repousou-os no Autor:

— E o que é que eu teria de investigar? — disse ele, pegou o copo e levou-o aos lábios. Uma réstia de sol entrou pela cortina.

— Se eu soubesse — disse o Autor. — Talvez eu seja um escritor sem imaginação e minha intenção, ao contratar seus serviços, seria exatamente a de suprir esta falta. O que o senhor irá investigar, e como, será problema seu. A mim interessa o resultado, ou o enchimento da minha história.

— Eu vivo e o senhor conta — disse Marlowe.

— É verdade — falou o Autor. — Mas ao contar a história estarei revivendo sua aventura.

— Sem risco de bala ou soco, não é, Mr. 'Skizofrenik?

— Creio que sim — concordou o Autor.

— Posição confortável, não é, Mr. 'Skizofrenik?
— Admito, Mr. Marlowe.
— E ainda por cima levaria todas as glórias, não é, Mr. 'Skizofrenik? — disse ele, fechou os olhos e bebeu um gole.
— Pode ser que sim, pode ser que não — disse o Autor.
— Explique-se melhor — disse Marlowe.
— Longe de mim pensar que nossa história venha a fracassar, Mr. Marlowe, mas não sei se irei assiná-la com meu verdadeiro nome, pelo qual sou conhecido, ou se me utilizarei de um pseudônimo.
— Se o senhor já tem um nome, por que um outro e desconhecido, Mr. 'Skizofrenik?
— Porque também me sinto cansado, Mr. Marlowe, cansado da perseguição da fama e da própria fama. E sinto nostalgia do anonimato. Além disso me diverte a idéia de amigos, inimigos e leitores meus lerem um livro sem saber que é meu. Uma espécie de alegria privada, entende?
— Mr. 'Skizofrenik, não sou psicanalista — e Marlowe se serviu de mais *scotch*. — Ser famoso ou anônimo não é um problema meu.
— Tampouco entender ou explicar esse problema estaria entre suas atribuições — disse o Autor. — Eu quero a história, o resto é comigo. Ao senhor caberá a quantia de sessenta dólares diários, passagens, estada e despesas à parte.

Philip Marlowe se levantou e caminhou até a janela. Espiou a rua lá embaixo através da fresta da cortina, num velho cacoete profissional. Demorou-se, como se ganhasse tempo.

Finalmente, voltou-se e encarou o Autor:
— Lamento, Mr. 'Skizofrenik, mas a resposta é "Não!" — Sentou-se à escrivaninha. — Foi bom tê-lo conhecido...
— Mas Mr... — o Autor ainda tentou insistir.
— Se o senhor não se incomodar, Mr. Brazilian, ainda tenho um relatório pra fazer — e com um gesto decidido apontou a porta da rua.

O desânimo parecia estampado no rosto do brasileiro, que se levantou e foi saindo, sem dizer adeus, longo ou breve adeus. Ao alcançar o fim do corredor, voltou-se e percebeu um vulto baixo e gordo que deslizou para dentro do escritório de Philip Marlowe.

Era Peter Lorre, pensou.

O Autor desceu as escadas e chegou à rua. Inconformado e confuso, lutava contra a sensação de derrota e de autopiedade. Talvez Philip Marlowe tivesse razão, sua idéia não passava de uma insensatez. Não tinha imaginação? Escrevesse então o grande romance sobre a impossibilidade de se escrever um grande romance. (A vida é um sucesso, e ele sabia de seu compromisso com o fracasso.)

Era o fim.

Necessário portanto começar de novo – ou construir o meio. Ser moderno: nem começo nem fim. Ser eterno: o começo começou antes e não termina nunca. Escrever só o meio.

Ele constrói o movimento

I

A FLAUTA E AS SAIAS

CHIQUINHO, O CAPITÃO POEIRA, levava a vida na flauta: tocava uma flautinha de madeira que João Índio/Tiaraju lhe dera de presente. Capitão Poeira se concentrava: com um disco na eletrola, tentava correr atrás; tropeçava nos dedos e nas notas: a melodia ia para um lado e o som da flauta para outro.

Não era concerto: era desacerto.

Que artista.

Sim, artista ele era, artista e meio sem-vergonha – não um desses sem-vergonhas que maltrata ou faz mal ao próximo; Capitão Poeira era um sem-vergonha simpático, de riso fácil e tratando todo mundo muito bem.

Não havia quem desgostasse dele em Pedra Ramada: era popular. Muita gente nem sabia que se chamava Francisco, mas quem não tinha ouvido falar no Capitão Poeira? Ele ria com o apelido. As meninas e garotas também: elas "adoravam" as brincadeiras, risos e gargalhadas do Capitão Poeira.

Aos treze anos, ele conheceu Maria Mole.

Aos treze anos, ele conheceu mulher.

Era o que diziam.

Pobre mas bem-servida, com as partes que Deus lhe deu, Maria Mole morava numa casinha de colono nas proximidades das terras de Tião Alves.

Contavam que foi lá que Capitão Poeira perdeu o que era virgindade e ganhou o que seria experiência. Deixou a flauta de lado, foi passear no campo. Fazia sol e havia um calor por dentro. Maria Mole apareceu no meio da tarde: surpresa.

— Então é você o Capitão Poeira? — ela falou e correu.

Nem deu tempo do Capitão Poeira responder. Mas foi atrás e os dois correram, corriam e ela olhava e ria e ele ria também e correram até ela se jogar em cima de uma pilha de milho e ele parou e ficou olhando Maria Mole, pernas aparecendo e brilhando, olhos e sorrisos chamando por ele, chamando por ele.

Capitão Poeira não ia?

Não se fez de rogado.

Gostou e viciou, dizem as boas línguas que dia sim dia não Capitão Poeira montava no cavalo do pai e — zum! vaft! — ficava rolando com Maria Mole nos campos e pilhas de milho secando ao sol.

II
A VERSÃO DO GERENTE

ERA O QUE SE FALAVA.
Mas havia outra versão.
(Tem sempre outra versão, o que complica um pouco, não é mesmo? Já veremos que versão é essa, mais um ângulo do mesmo acontecimento. Talvez a verdade esteja numa mistura de uma e outra, um pedaço daqui e outro pedaço dali – verdade remendada mas verdade.)
Quem contava era Jurandir, gerente do Cine-Teatro Imperial. Capitão Poeira teria uns quinze anos quando conheceu Maria Mole e o sexo.

(Vamos deixar Jurandir falar:)
"Chiquinho passeava pelo campo e avistou, assim de longe, aquele pedaço de mau caminho e tentação. Chiquinho viu Maria Mole mas Maria Mole não viu Chiquinho, nem quando ela olhou pros lados antes de se agachar, levantar a saia e fazer seu xixi no meio do silêncio e da natureza.

"Chiquinho ficou atrás de uma árvore e viu tudo, olhos vidrados naquela posição acocorada de Maria Mole segurando a saia.

"Só ao se levantar, afastando-se do laguinho de mijo no chão, é que Maria Mole percebeu a presença de Chiquinho.

"– Ui – disse ela, rindo e sorrindo –, você quase me mata de susto.

"Chiquinho se aproximou como quem não quer nada; falou:
"– Deixa eu ver.
"– Deixa ver o quê? – disse Maria Mole, sempre rindo.
"– O buraquinho de onde sai o xixi – explicou Chiquinho.

"Maria Mole jogou os cabelos e a cabeça pra trás, soltando uma gargalhada que se prolongou em forma de riso, esse menino tem cada uma – e com as mãos na cintura, provocadora e desafiante, botou os olhos nos olhos dele e não tirou mais."

Era até onde Jurandir sabia e contava.

Não importa. De um modo ou de outro, Capitão Poeira teve lá sua iniciação sexual, e convém discrição a este respeito.

Afinal, trata-se de personagem importante.

III

O TABELIÃO

SEM FAZER NADA EM CASA, Capitão Poeira coçou a cabeça (sempre que pensava coçava a cabeça) e sentiu comichão noutro lugar do corpo. Mesmo não sendo dia combinado, resolveu procurar Maria Mole.

Foi e chegou – deixou o cavalo longe, caminhou. Perto da casinha de colono, parou ao ver Maria Mole de longe. Apressada, ela caminhava em direção ao lugar de sempre. Capitão Poeira estranhou – seguiu-a, sem ser visto.

Na beira da plantação, Capitão Poeira parou quando Maria Mole chegou no seu bem conhecido monte de milho – e viu deitado, sem calça e sem cueca, Benício Pontes, o senhor tabelião de Pedra Ramada.

Talvez fosse plausível que nosso herói, enganado e zangado, partisse para a briga, criando caso, cheio de ofensas e constrangimentos.

No entanto, manda dizer a verdade que a reação do Capitão Poeira foi bem outra: quase morreu de rir, abafando a risada com a mão. De uma posição estratégica e confortável, assistiu a toda aquela cena de cinema. Quem diria, o tabelião Pontes, nu como Deus o fez e a cavalgar uma fogosa Maria Mole em cima de milhos e milhos – logo quem, personagem empolado, homem sério, religioso, pai de família.

Pai, aliás, de Gracinha, linda menininha que atraía a atenção e o gosto de Capitão Poeira há muito tempo. (Embora o autor tenha se esquecido de mencionar tal fato ou detalhe. Não deixa de ser uma distração. Mas ainda há tempo.)

IV

CHEIA DE GRAÇA

E ASSIM E AGORA, por vias tortas e indiretas, sobe ao palco da vida e ao cenário de Pedra Ramada uma bela, ditosa e cheia de graça adolescente, de nome Maria da Graça.

Como seria de se esperar (ou não?), Gracinha era garota acatada e recatada, filha carinhosa e bem-criada, aluna atenta e interessada do primeiro ano do Normal, estudante também de francês e piano. Gostava de ler livros e fotonovelas, escutar rádio e discos – e, num álbum de capa azul, misturava páginas de diário e poemas do seu coração.

Tão cultivada e protegida assim (alguém poderia perguntar), como foi que Capitão Poeira conseguiu descobri-la?

Na igreja, aos domingos.

(Não sei se disse antes que tanto Tião Alves quanto o tabelião Benício Pontes eram protestantes, anglicanos – eles e suas famílias, como sói acontecer. Quando criança, Capitão Poeira comparecia ao culto dominical porque era levado e por costume; cresceu e continuou freqüentando a igreja, por causa das meninas bem-vestidinhas, ou, de uns tempos para cá, por causa de uma menina em especial.)

– Oi! – se atreveu ele a falar com Gracinha, na saída do culto do domingo seguinte àquele episódio do monte de milho.

Gracinha olhou para ele e baixou os olhos, vermelha. O pai dela vinha logo atrás.

Capitão Poeira apressou o passo, pois temia não segurar o riso — como esquecer a cena do tabelião Pontes em cima da Maria Mole, em cima do milho?

V
LUZ, AÇÃO

(O AUTOR MOSTROU-SE descuidado. Ou seria a própria narrativa, indisciplinada, que se afastou do fio da meada e se perdeu de si mesma, seguindo por caminhos não-previstos? De qualquer forma, já era para Gracinha ter aparecido na história, embora – ponto a se considerar – Chiquinho-Capitão Poeira recém havia chegado à adolescência, poucos capítulos atrás. Mas por que não ter informado antes que as famílias de Tião Alves e do tabelião Pontes eram protestantes e anglicanas? "Porque não houve oportunidade", intervém o Autor. "É melhor voltar à história enquanto é tempo."
Voltemos a ela, portanto – mas aqui mesmo ou num próximo capítulo?)

No domingo à tarde, a juventude (principalmente) de Pedra Ramada desfilava suas melhores roupas pela pracinha – antes e depois da matinê do Cine-Teatro Imperial, às vezes lotado como no dia em que passou *Pic-Nic.* William Holden, sem camisa e com um topete fazendo vírgula na testa, arrancava suspiros das moças, enquanto Kim Novak, de cabelos curtos e olhos brilhantes, encantava os rapazes.

No entanto, antes e depois do filme, Capitão Poeira extasiou-se com uma outra cena, outra visão, deslumbramento: a presença (rara na platéia) de Gracinha.

Olhou, olhou, olhava, e ela, tímida, fugia com os olhos, com o rosto todo – como podia.

VI

REVELAÇÃO NA MESA DE JANTAR

MARIA DA GRAÇA TRANCOU-SE no quarto. Ouvia música. E se surpreendia. Nunca tinha acontecido antes, e em relação a homem nenhum: Gracinha pensava, pensava em Francisco, Chico, Chiquinho, Capitão Poeira. Fechasse ou abrisse os olhos, de qualquer maneira via e revia o sorriso dele, o olhar – e ela, de olhar perdido.

Revirou-se na cama.

Aguardava a nova música: trocara "Diane", de Paul Anka, por "A deusa da minha rua", de Nelson Gonçalves. O sorriso de Francisco era um sorriso de corpo inteiro. Gracinha suspirou, com a lembrança ou com a música ou com ambas, pois sentiu-se a própria deusa da rua das aflições onde morava, coração solitário, tu pisavas nos astros, distraída.

Pegou o álbum de capa azul e desenhou nele um coração transpassado por uma seta de Cupido e cheio de dolorosos e coloridos pingos de sangue. Riscou tudo com um xis; aproveitou a inspiração que parecia chegar e escreveu uma poesia na folha seguinte.

A voz de Nelson Gonçalves silenciou.

Hora de descer para jantar.

Gracinha quase não falou à mesa. O pai e a mãe olharam para ela; se entreolharam.

— O que é que essa menina tem? — o tabelião perguntou à esposa.
— Nada — disse Gracinha.
— Quem não nada se afoga — falou o pai, uma de suas frases favoritas.
— Que coisa, será que não posso ficar calada? — disse Gracinha.
— Calada, pode; o que não pode é ser respondona — disse o pai, nervoso.
— Olha a pressão, querido — disse a mãe.
Depois de um silêncio de talheres entre pratos e bocas, D. Anita procurou outro assunto:
— E a Maria Mole, hein, que vergonha!
— Vergonha por quê? — falou o tabelião. — O que é que tem a Maria Mole? — Teve o cuidado de não levantar os olhos.
— Engravidou, como era de se esperar — disse D. Anita. — Todo mundo sabe que ela ficou prenha.
— Eu não sabia — disse o tabelião, e logo calou-se, assustado. Gracinha não parecia se interessar pela novidade.
— Vai ser difícil saber quem é o pai — disse o tabelião; em seguida se arrependeu.
— Ora, já se sabe — disse D. Anita, satisfeita por estar bem informada.
— E posso saber quem é? — perguntou o tabelião, cauteloso, intrigado.
— Chiquinho, o Capitão Poeira — disse ela.
Gracinha se engasgou.
Ficou lívida — de rosa a lírio.
Sem pedir licença ou desculpas, levantou-se e correu para o refúgio do quarto.
— Será o pé-do-benedito? — disse o pai. — Que bicho esquisito mordeu essa menina?
A mãe não soube ou não quis responder, mas fez cara de preocupação — cara de mãe, enfim.

VII

DE COMO CAPITÃO POEIRA VENCEU A GUERRA DE IMAGENS

PEDRA RAMADA VIROU FESTA com a inauguração de um novo cinema. Era o progresso, diziam.
Nem só de pão vive o homem, falou o prefeito, no seu discurso, antes de cortar a fita simbólica.
O povo parecia contente.
Menos Tião Alves, que desabafou ao gerente e projecionista Jurandir:
— Vão nos tirar os espectadores; os cinemaníacos, a platéia toda.

Acertou: povo gosta mesmo é de novidade, e o novo Cine Guarany acabou esvaziando o velho Cine-Teatro Imperial: dramas de Maciste & músculos e comédias com Oscarito e Grande Otelo enchiam as matinês do Guarany.
Em Pedra Ramada, e naquele tempo, só havia matinê. Diziam que o povo dormia cedo. Tião Alves não acreditou e arriscou:
— De hoje em diante vamos ter sessão à noite — disse ele a Jurandir.
Conseguiu trazer o público de volta ao Imperial.
Por pouco tempo.
A televisão mal começava no Rio de Janeiro, e seu concorrente teve a idéia de instalar um televisor, primeiro e único da cidade, na praça central. Ainda por cima era de graça — e o povo, à noite, enchia a pracinha para assistir à novela *O Sheik de Agadir*.

E o Cine-Teatro Imperial vazio.

Era preciso fazer alguma coisa. Foi Capitão Poeira (só podia ser) quem teve a idéia. Tião Alves resistiu. O filho e Jurandir argumentaram, afinal guerra era guerra; Tião Alves, a contragosto, se convenceu – ou pelo menos não se opôs à idéia.

Foi de madrugada.

Capitão Poeira e Jurandir carregaram uma escada pelas ruas escondidos.

Chegaram na praça, olhando para os lados; prepararam a escada e nela Capitão Poeira subiu. Rápido, que todo cuidado era pouco, desatarraxou a tampa por trás do televisor, procurou a válvula, retirou-a e jogou-a para as mãos de Jurandir.

Desceu, tiraram a escada, sumiram.

Sucesso: na noite seguinte foi um fracasso – o povo na praça esperou a novela do *sheik* que não veio.

Na segunda e na terceira noite, a mesma coisa.

Mas o concorrente mandou vir uma válvula nova do Rio de Janeiro e anunciou aos quatro ventos a volta do folhetim eletrônico.

Praça cheia e Cine-Teatro Imperial vazio. Desesperado, Tião Alves não podia fazer nada.

Capitão Poeira achou que podia – precisamente numa noite em que havia bebido além da conta.

Foi até a praça e acabou com a concorrência: quebrou o televisor a pedradas, com mira certeira de moleque passarinheiro.

A novidade correu e se espalhou por toda Pedra Ramada, e Tião Alves desconfiou logo do filho e colocou-o contra a parede.

– Bem, quer dizer... só queria ajudar – disse ele.

– Mas atrapalhou – falou Tião Alves. – Você cometeu um crime, e eu é que vou acabar levando a culpa.

– Ninguém viu – disse Capitão Poeira.

– Mas não justifica – falou o pai, tentando se acalmar. – Você está me saindo melhor do que a encomenda.

E Tião Alves saiu porta afora.

VIII

O FILHO DO PAI E O PAI DO FILHO

A CABEÇA DO CAPITÃO POEIRA era uma panela fervendo. Um turbilhão. Crise de crescimento? Sem mais novela na praça, Pedra Ramada se ocupava com uma nota só de um outro melodrama: falavam e sussurravam que a gravidez era da Maria Mole, mas a paternidade, dele, Capitão Poeira. Embora dono de seu nariz (ainda mais com os dezoito anos se aproximando), Capitão Poeira temia que a fofoca chegasse aos ouvidos do pai Tião Alves, com quem o relacionamento andava abalado desde o episódio de quebra-quebra na pracinha – e ao mesmo tempo preocupava-se mais com Gracinha do que com Maria Mole e o que lá dissessem.

Capitão Poeira repetia a dose: enchia a cara, e, como a cabeça parecia panela fervendo, julgou ter chegado a hora de jogar água fria nela, ao tomar uma decisão na vida, "agora ou nunca".

Primeiro passo: tirar as dúvidas.

Encilhou o cavalo e partiu.

– Quem é o pai? – perguntou assim que encontrou Maria Mole.

– E não me venha dizer que sou eu.

– Então não digo...

– Fale a verdade: sou eu ou não?

– Ora... e eu sei?

– Se não sabe é porque não sou. Deve ser o tabelião Pontes.

— Ele, tu, qualquer um — falou Maria Mole, rindo.
— Tu não tem vergonha, Maria?
— Tanto quanto você.
Capitão Poeira soltou as rédeas do cavalo, depois puxou-as.
— Apareça — disse ela.
— Dia de São Nunca — falou ele.

IX

A SEGUNDA DECISÃO

RESTAVA A DECISÃO MAIS DIFÍCIL.

Capitão Poeira tomou banho, vestiu a melhor roupa, bebeu escondido da bebida do pai e saiu à rua, passos de quem sabe para onde vai.

Em frente ao cartório de Pedra Ramada, respirou fundo, coçou a cabeça e entrou.

Atravessou algumas e poucas pessoas na sala de espera e se aproximou do balcão.

O funcionário custou a notar sua presença – então Capitão Poeira falou:

– Queria falar com o tabelião Pontes, por favor.

O homem disse "um momentinho", foi lá dentro e voltou com o tabelião Pontes, olhar curioso.

– Gostaria de dar uma palavrinha com o senhor, em particular – disse Capitão Poeira.

– Pois não, vamos entrando – e o tabelião Pontes apontou o caminho, deixando Capitão Poeira seguir na frente.

– Em que posso servi-lo? – disse o tabelião, fechando a porta, voz cautelosa ao perceber a cara séria do rapaz.

Era mais difícil do que imaginara – Capitão Poeira sentiu um frio no estômago, olhou o tabelião, logo desviou os olhos.

— Dr. Pontes — lhe faltaram as palavras.

O tabelião sentou-se; fez sinal de que também se sentasse.

— Estou à sua disposição, meu rapaz — disse o dono do cartório e pai de Gracinha.

— Não queria lhe incomodar — disse Capitão Poeira.

— Fique à vontade — disse o tabelião.

— Bem, é que, na verdade — Capitão Poeira procurou as palavras no ar, mas o ar estava invisível, pesado e mudo. — Dr. Pontes, eu vim até aqui... com a sua permissão, é verdade... eu... bem... gosto, desejo... quero casar com sua filha.

Tabelião Pontes se levantou:

— O senhor?... Com a minha filha, o senhor quer casar com a minha filha?

— Era o que eu queria dizer — falou Capitão Poeira, se levantando rápido, olhos apoiados no chão.

— Ora, ora, quem diria. — Tabelião Pontes deu alguns passos como se se afastasse, mas logo se virou para o jovem. — Qual a sua profissão, meu filho?

— Ajudo meu pai no cinema — disse ele —, e estou procurando trabalho fixo.

— Ótimo, ótimo, mas Gracinha precisa terminar a escola normal, meu rapaz. — Tabelião Pontes fez com que Capitão Poeira se levantasse. — No futuro, quem sabe... — e com a mão no ombro encaminhou-o até a porta. — Meu rapaz, estou muito ocupado hoje, até outro dia...

Na rua, Capitão Poeira lançou um último olhar para o cartório, coçou a cabeça e disse para quem quisesse ouvir, embora sem ninguém por perto:

— Gracinha vai ser minha, nem que eu vire mico de circo.

X

FRAGMENTOS DE UMA CENA FAMILIAR

 Tabelião Pontes chegou em casa com fumacinha saindo pelo nariz.
 Berrou o nome da mulher:
— ....!
— ....?
— ....
— ....?................?
— ....!....................?......!........................
— ....?....................!?
— ....!
 E Gracinha, que tudo escutou atrás da porta (em lugar apropriado, portanto, para uma heroína de novela ou folhetim), subiu para o quarto carregando o coração na mão e – ao que tudo indicava – lágrimas nos olhos.

XI

NEM TUDO ESTÁ PERDIDO, OU AINDA RESTA UMA ESPERANÇA

HAVIA NO AR UM CHEIRO fresco de fim da manhã.
Na calçada em frente à Escola Normal de Pedra Ramada, uma carrocinha de pipoca e uma carrocinha de algodão-doce.
Do outro lado da rua, meio escondido na esquina, Capitão Poeira vigiava, bom olheiro, a saída das alunas de saias azul-marinho e blusa branca.
Na terceira ou quarta leva, vislumbrou Gracinha, com duas colegas.
Capitão Poeira, coração batendo forte, recuou o corpo, deixou que elas se adiantassem – só então foi atrás.
Algumas esquinas depois, elas pararam; as duas colegas se despediram com beijinhos e dobraram a rua.
Gracinha, sozinha, seguiu em frente – era a oportunidade.
Capitão Poeira acelerou o passo.
– Oi, como vai? – falou, ao lado dela.
Gracinha conteve o susto e só conseguiu responder mostrando o rosto vermelho.
– Posso te acompanhar? – Capitão Poeira tirou as mãos do bolso, mas não sabia onde colocá-las.
– Pode – falou Gracinha, baixinho.

— É que não agüento mais só te ver assim de longe — disse ele, pensando numa explicação.

Gracinha abraçou arquivo, caderno e livro — e olhou para a frente.

— Você nem imagina — falou ele, colocando as mãos nos bolsos de novo.

Gracinha virou rápido a cabeça para vê-lo, à espera de uma continuação.

— Não consigo pensar em outra coisa, só penso em você, Gracinha. Mais vermelha ainda, ela agarrou arquivo, caderno e livro contra o peito como um escudo.

— E você não diz nada? — falou Capitão Poeira, tirando as mãos do bolso.

Ela sorriu, preocupada:

— Melhor você deixar eu continuar sozinha. Se papai souber, vai ter briga séria lá em casa.

— Só se eu te encontrar de novo — disse ele.

Gracinha, já alguns metros distanciada, concordou com a cabeça, ainda vermelha.

— Eu também só penso em você.

E correu, enquanto Capitão Poeira sorria e coçava a cabeça.

XII

COMO SE FOSSE SARAMPO

D. ANITA AINDA TENTOU argumentar:
— Mas meu bem...
Tabelião Pontes encerrou o assunto:
— Filha minha não vai namorar vagabundo nenhum. E saiu porta afora.
D. Anita, devagar, como se tentasse se acalmar, subiu ao quarto de Gracinha.
Quando a mãe chegou, a filha desligou a eletrola que tocava "Love Is a Many Splendored Thing" e olhou-a com olhos de expectativa ou de pergunta.
A mãe abanou a cabeça antes de falar:
— Teu pai não quer nem ouvir falar...
Gracinha sentou-se na cama:
— E o que é que eu faço, mamãe?
D. Anita soltou um muxoxo, mexeu os ombros:
— Você é jovem, isso passa.
Gracinha empertigou-se na beira da cama:
— Mamãe, a senhora fala como se fosse sarampo. Não agüento mais.
D. Anita sentou-se ao seu lado:
— Vai ter de agüentar, minha filha. Teu pai é cabeça dura.
Gracinha começou a chorar. D. Anita colocou a mão no ombro dela:
— Mas não é má pessoa... Quem sabe...

XIII

A JANELA, A ÁRVORE, O PULO

A CABEÇA DO CAPITÃO POEIRA continuava como uma panela fervendo.

Nem o encontro (rápido, é verdade) com Gracinha conseguira lhe trazer tranqüilidade. Ao contrário. Além disso, aumentaram as discussões e diz-que-diz-que com o pai, depois de chegar aos ouvidos de Tião Alves que Chiquinho era ou seria o pai da criança ainda "no bucho" da Maria Mole.

Capitão Poeira negava de pés juntos; não adiantava.

– Seu-cara-de-todos-os-bichos – dizia Tião Alves.

Quando podia, Capitão Poeira saía, desaparecia. Escondia-se atrás de uma árvore, mirando a janela do segundo andar da casa de Gracinha. Esperava, aguardava – não tinha mais paciência pra nada, mas praquilo tinha. Só duas vezes ela passou, ou melhor, atravessou o retângulo da janela – e sem olhar para fora.

Mesmo sua paciência tinha limites: Capitão Poeira abandonou a posição estratégica e caminhou até o primeiro bar que encontrou.

Bebeu cachaça, foi pra casa – era sábado, o pai ainda estava no cinema.

Bebeu mais um pouco, misturando: cachaça no bar, uísque em casa. Já no segundo copo, as idéias começaram a se confundir – levou a mão aos cabelos e penteou-os com os dedos. Pensou, sem saber por que (e quem sabe por que se pensa o que se pensa?), que "a melhor defesa é o ataque, a melhor defesa..." Abanou a cabeça, enxotando a idéia incompreensível para longe, e escutou três vezes a mesma balada romântica de Pat Boone e procurou três vezes a mesma garrafa no armário da sala.

O fogo oculto do uísque descia pela garganta, subia pela cabeça.

Alojava-se na inquietação dos olhos e em certo amargor na boca.

Capitão Poeira saiu como um foguete.

Aterrissou ao pé da árvore e da janela de Gracinha.

Luz ainda acesa, como uma esperança.

Não esperou nem pensou: subiu, foi subindo na árvore como um gato, até o galho, aquele galho específico que.

Com o peso, o galho curvou-se e aproximou-se da janela.

Foi um pulo.

Agarrou-se no parapeito e lutou com o imponderável ou com seu próprio corpo, que pesava.

Ficou por um fio.

Conseguiu dar um impulso com a perna e o corpo – pronto, lá estava ele.

Na cama Gracinha segurava a coberta com as duas mãos na altura do queixo, só o rosto de fora, olhos arregalados de jabuticaba, entre o opaco do medo e o brilho do inesperado.

– Psiu, fique quietinha – disse Capitão Poeira, ofegante.

XIV

CENA DE ALCOVA PORÉM PRIVADA

— MAS... VOCÊ... É LOUCO — em seu primeiro passo para se recuperar do susto, Gracinha ainda segurava a coberta junto ao queixo, rosto vermelho.

— Louco por você — disse Capitão Poeira, sem originalidade mas talvez com sinceridade. — Tava-que-tava louquinho pra te ver...

Seguiu-se um silêncio: os dois pareciam se examinar, se acostumar um com o outro, enfim sós.

— Imagine se papai nos pega — disse ela, mais tarde.

— Não consigo adivinhar. — Capitão Poeira sentou-se na beira da cama.

— Nem me fale — disse ela, mexendo a cabeça.

Prosseguiu a troca, ou confluência, ou encontro de olhares. Capitão Poeira tocou e depois pegou na mão de Gracinha. A mão não recuou, quente e aberta. Aí então ele deu o que pensava ser o passo seguinte: aproximou-se do rosto dela e beijou-a, veloz.

— Não — Gracinha recuou. — Tenho medo.

— Não precisa ter medo. — Capitão Poeira voltou a beijá-la.

Esta é a cena e sua continuação.

(Quer dizer, mandam a moral, a censura e os bons costumes que autor e leitor interrompam tão privada e delicada cena e sigam adiante, ainda escutando respirações e sussurros do Capitão Poeira e de Maria da Graça.)

XV

TRÊS PONTINHOS, OU O MENOR CAPÍTULO DA LITERATURA MUNDIAL

...

XVI
ENLACE E DESENLACE

ETC. & TAL: DAÍ EM DIANTE nossa história se precipitou, atropelada pelo próprio e mesmo personagem principal (movido por paixão; também por boa e inesperada bebedeira, reconheçamos) que irrompeu na ação inerente à narrativa e provocou, a partir desse ponto, escândalos e vergonhas e brigas na família Pontes e escândalos e vergonhas e brigas na família Alves, além dos fuxicos de amigos, vizinhos e desconhecidos de Pedra Ramada.

Tudo isso, como conseqüência, cavou e pavimentou a estrada do que parecia inevitável, levando nossos heróis a um turbilhão – para ser mais exato, levou tudo isso os dois, mais as respectivas famílias, à presença do sr. dr. delegado.

Que foi, o deles, um casamento na polícia. Sem cerimônia, sem véu e grinalda e sem o branco do vestido e da pureza. (O que não impediu, pelo menos da parte de D. Anita, que algumas lágrimas fossem derramadas.)

Sim, casaram-se Francisco e Maria da Graça (seriam felizes para sempre?) – esse o enlace e o desenlace.

(No entanto, ainda há tempo de se dizer, as aventuras do então jovem Capitão Poeira não terminam aqui. Aguardem, enquanto ele envelhece um pouco – como nós todos, aliás.)

Os umbigos do mundo

SER MODERNO, SER ETERNO: não importa. Trânsito, aventura; vida é trem-fantasma, montanha-russa, roda-gigante; e nesse parque de diversões às vezes a alma sai pela boca e a esperança foge pelos olhos, descendo ambas para o fundo do poço: não é no fundo do poço que se encontra água?

Mas pato novo não mergulha fundo – e depois da decepção que resultou a consulta a Philip Marlowe (embora o investigador de San Francisco tivesse razão, não deixava de ser uma frustração. As coisas não se excluem), o autor hesitava ainda entre uma seriedade depressiva e uma ironia compensatória, esse rir do próprio umbigo, rir dos umbigos dos outros, dos umbigos do mundo.

Ser o reflexo disperso dum ramo n'água pendido – lembrou-se o Autor de plantão de um verso simbolista de Eduardo Guimaraens. Mas, imagem sem espelho, da poesia partiu o autor para a filosofia, talvez caseira, concluindo: um instante passa e depois que passa nasce mais um, colado ao anterior, e é sempre assim e sempre, enfim, instante – para ele, autor, para você, leitor(!) e para o Capitão Poeira, que o fato de ser herói e personagem e co-autor não o livra dessas passagens e ultrapassagens. O Autor ainda se perguntou:

"Por onde entra, como se imiscui e funciona, como a permanência que não existe, dele, instante?"

(No entanto, cuidadoso, se perguntou mas não (se) respondeu.)

– *Lend me your ears* – disse ele em voz alta, menos para si mesmo e mais para um leitor shakespeariano imaginário porém necessário –, empreste-me seus ouvidos para juntos encontrarmos o fio da meada, o fio do meio, o fio do fim:

Saí do interior e cheguei à cidade grande, como Capitão Poeira (já veremos, no próximo capítulo); saí do interior da terra e entrei no interior de mim mesmo, fechado como jabuticaba (os olhos de Gracinha, lembra-se?), mas é só apertar e, ó, a polpa salta pra fora.

Sair do mistério da encruzilhada: copiar *Dom Quixote* linha por linha, assiná-lo, mudar o título para *O triste fim de Policarpo Quaresma Kid Skizofrenik* e deixar os erros de datilografia enriquecerem a língua e a linguagem.

Toda história conta uma história, e esta é uma história chamada "Ninguém".

(Começou a lê-la e já na primeira frase lhe foi revelado que era uma história chamada "Ninguém" que contava uma história chamada "Ninguém" – ora, um mero jogo, se antecipou à própria história, que no entanto prossegiu:)

Ninguém era Alguém que habitava Algum Lugar.

(Brincadeira, concluiu – e piscou os olhos, antes da terceira frase:)

Era no tempo em que antigamente se dizia assim mesmo "antigamente".

(Mas que história é essa que começa dando voltas sobre si mesma? Continuou olhando. Então:)

O que se segue aconteceu, assim, assim mesmo, como se segue.

(O autor insistia e prometia. Abriu os olhos. Em seguida:)

E aí então um dia. Foi um dia, não foi? Um dia em que.

(A frase se interrompia. Olhou para os lados, voltou os olhos para a página. Continuava:)

E um dia, muito longe daqui, sim, daqui mesmo.

(Longe daqui, onde? Aqui mesmo? Essa história não conta história nenhuma! Ainda assim prosseguiu:)

Ninguém então e entretanto, porém e todavia.
(E só. Insistiu mas a história se recusou a ir adiante. Desanimado, deixou-a de lado e escreveu:)
Fim.

E começou de novo —

a coisa mais bem dividida entre os homens é o bom senso, disse DesCartes, e alguém deve ter ficado com a minha dose de bom senso, pensou o Autor, ouvindo "Divina fantasia", de Berlioz, maneira de combater a poluição dos carros e transformadores da cidade tão grandes que.

(Dizer: este é o livro que está sendo feito, ao ritmo dos passos bêbados do autor-narrador-personagem de cabeça de filósofo e alma de sambista, ao som do mar profundo cadenciando na praia e na vida tudo aquilo que sobra e tudo aquilo que falta: este é o livro do que nos falta. Daí porque seu resultado será um enigma ou mistério, e não adianta contratar Phillip Marlowe, Sam Spade e o Inspetor Maigret para se achar o fio de esperança também chamado fio da meada.)

Quando não se sabe o que fazer com um personagem, o melhor é fazê-lo viajar — principalmente se for o caso de um romance de Conrad: perdido em alto-mar, parecia que havia cometido um pecado contra a harmonia universal. Em seguida voltou-se para o particular do cotidiano brasileiro, com a influência das ondas do rádio nas ondas do cérebro do Autor: Nelson Gonçalves proclama que "entre nós, é melhor renunciar. A tua renúncia dá-me um desgosto que não tem remédio. Amar é viver, é um doce prazer, embriagador". Pergunta-se: como é que se pode escrever o Grande Romance Brasileiro sem as cachaças do lugar-comum nacional, essa via de duas mãos — ou de mão única?

(Eis a política: ao vencedor, as bananas! Todas: banana-prata, banana-nanica, banana-maçã, banana-caturra, banana-d'água, banana-da-terra, banana-figo, banana-ouro, banana-inajá, banana-roxa, banana-santa-catarina, banana-branca, banana-anã, banana-comprida, bananadas e bananais até o advento ideológico da banana split e a futura criação do Ministério da Banana.)

Aos vinte anos, Capitão Poeira queria mudar o mundo.

Poucos anos depois – poucos anos depois de 1964, para sermos mais precisos –, contentava-se em encontrar seu lugar no mundo. Perceberia mais tarde: quando nos aproximamos de começar a entender a vida, mais próximo do fim estamos, como joão-de-barro a construir e construir sua casa para, pronta, não chegar a morar nela.

O Autor, esquizóide (embora não goste da palavra), são sete, e mesmo assim nem sempre consegue(m) se ver livre(s) da depressão (outra palavra para se falar baixo e entre parênteses, se possível), ave de mau agouro como a alma-de-gato a rondar os galhos e ramos de sua cabeça. São vocês (às vezes o Autor pensa) que levam o mundo adiante – vocês, os bem-esperançosos, otimistas, "normais", realistas ou ingênuos, mocinhos ou bandidos. (Foi falar nela e a deprê passou, mas não deve estar longe e pode voltar sem bater na porta: eterno retorno será isso?)

Alguém consegue imaginar – imaginar para o futuro – Capitão Poeira na polícia?

O depoente declara que, *data venia*, não são de sua posse os livros vermelhos e marxistas encontrados em seu apartamento; declara, outrossim, ter guardado os livros para um amigo e que nunca tenho, digo, teve curiosidade de ler as referidas publicações; declara também o depoente não conhecer os conhecidos comunistas cujos nomes lhe foram apresentados; diz o depoente não ter militância política nem ser um homem de ação e que o revólver Colt .45 encontrado em sua residência lhe foi, digo, ao depoente vendido por um indivíduo que afirma desconhecer e

que a arma servia apenas para se defender de assaltos, embora, *data venia,* o referido depoente não possua porte de armas, infringindo assim o artigo...
Etc.

A vida são estas ondas que vão e vêm, que vão e vêm na areia da praia de Copacabana. Nenhuma conotação depressiva: é que faz frio de verdade, embora o verão mal comece – e começa com chuva e um vento que deve vir lá da Antártida, passando pela Patagônia, varrendo as ruas de Buenos Aires e Montevidéu, atravessando a fronteira em Santana do Livramento, sem documentos e sem problemas, e subindo por Porto Alegre, Curitiba, São Paulo, até chegar no Rio de Janeiro, menos frio do que era no começo mas ainda assim frio. O frio vem do sul. O frio lá do norte deve vir do mais norte ainda. (E é por isso que Marlowe, Sam Spade, Bogart usam capa gabardine.)

Depois desta pertinente constatação meteorológica, o Autor sente que está chegando a hora (percebe não no relógio, mas na cabeça) de – do que mesmo?

Pensa:

Os bobos do mundo contemplam os umbigos do mundo.

Diz:

Nem tudo que reluz é ovo.

Escreve:

Eu não existo, e se tem alguém que pode afirmar isso, sou eu mesmo.

Ninguém. Ninguém dentro do corpo.

O homem invisível, sensação de vazio, eu e os outros que habitam dentro de mim – essa é a minha história, essa é a história de nós todos:

romance?

autobiografia?

memórias?
ensaios?
relatos?
relatório?
lenda?
fantasia?
depoimento?
Pois eu e os fantasmas de mim não nos damos bem com as classificações – mesmo assim existimos.
Assim como Chico, Chiquinho, Capitão Poeira.
Eis a continuação – a continuação da ação, a ação da continuação.
Alguns anos se passaram.
A vida do Capitão Poeira não é mais a mesma; na verdade, mudou tanto que mais parece outro personagem.
(Parece mas não é.)
Pedra Ramada ficou para trás, fotografia na parede da lembrança que nem dó. O ano é de 1963 (e 1964 e 1969).
Capitão Poeira, quem diria, está morando no Rio de Janeiro.
Mas precipitar-se é dar um mau passo, em se tratando de aventuras.

Fugir para correr atrás

1
CAPÍTULO NO QUAL SE MOSTRA QUE TIPO DE ESTÓRIA É ESTA: COM O QUE SE PARECE E COM O QUE NÃO SE PARECE

EMBORA NÓS OUTROS, AUTORES, tenhamos, com rara propriedade, apelidado de estória esta nossa obra, e não de biografia, imaginária ou falsa, como está mais na moda, nela pretendemos seguir o método dos escritores que professam revelar as revoluções dos países, em vez de imitar o volumoso e trabalhoso historiador que, para preservar a regularidade e a continuidade de sua própria seqüência, se julga obrigado a encher tanto papel com os pormenores de dias, meses e anos em que nada de notável acontece, quanto o que emprega em descrever as épocas notáveis em que se desenrolaram as maiores cenas no palco da existência humana. De fato, o escritor não raro se sente obrigado a seguir sua época como a um ônibus que faz sempre o mesmo trajeto, esteja ele lotado ou vazio: os escritores são os amanuenses do Tempo.

Visto estarmos entrando agora num ponto em que o curso da nossa estória nos obrigaria a refletir alguns assuntos talvez mais surpreendentes e estranhos do que qualquer outro até aqui ocorrido, talvez não seja fora de propósito, num capítulo (desculpem!) prologomênico ou introdutório, dizer alguma coisa dele, o romance ainda por vir, ou que simplesmente continua.

Com certeza já observou o leitor culto e ilustrado que, no decorrer desta portentosa obra, refletimos muitas vezes passos dos melhores autores modernos de antigamente, e sem citação dos originais, abstraindo-nos das obras de que foram tirados. Esta modalidade de escrever foi assim apresentada pelo engenhoso Abade Bannier, no prefácio de sua *Mitologia,* livro de rara erudição e agudeza: "Observará o leitor", diz ele, "que demonstrei com freqüência maior respeito a ele, leitor, do que à minha própria reputação; pois um escritor lhe faz, por certo, considerável cumprimento quando, por amor dele, suprime as eruditas citações que na verdade acabam lhe chamando de burros, e que lhe custariam tão-somente o simples trabalho de transcrevê-las."

Salpicar um livro com esses fragmentos poderia ser considerado como uma razoável trapaça no que diz respeito ao mundo culto que, assim, se vê obrigado, de um modo fraudulento, a comprar pela segunda vez, em fragmentos e a varejo, o que já tem por atacado, se não na memória pelo menos nas estantes; e a trapaça poder ser mais cruel ainda em relação aos indoutos ou incultos, obrigados a pagar por aquilo que não lhes serve para nada.

E no entanto, como não há procedimento, por mais leal e desinteressado que seja, que não possa ser mal compreendido pela ignorância e mal interpretado pela maldade, declaramos e afirmamos, para preservar nossas reputações, que não fazemos erudição mas paródia e que — mas chega, voltemos ao livro.

(Leiam o posfácio.)

2

CENAS DA VIDA CARIOCA

CAPITÃO POEIRA FUGIU.

Capitão Poeira abandonou Pedra Ramada, a vida familiar e provinciana; deixou para trás Gracinha, a esposa de poucos meses, o pai, os amigos, o rio Avanhandava, o Cine-Teatro Imperial. Embarcou num ônibus para o Rio de Janeiro – sem volta, pensava. Gracinha prostrou-se inconsolável, mas o que fazer? Tião Alves virou uma fera, embora soubesse o filho que tinha; os amigos e conhecidos ficaram entusiasmados ou invejosos.

Capitão Poeira foi morar com o tio Aurélio, na Ilha do Governador. Tio Aurélio era diretor de cinema. Alto e bonito, Capitão Poeira imaginou que ele poderia lhe abrir as portas para o que pensava ser seu sonho: ator de filmes, galã das telas.

Bem que tio Aurélio tentou, à sua maneira, começando pelo começo: no primeiro filme, Capitão Poeira foi assistente de assistente de assistente de produção, ou seja, carregava e descarregava o material de filmagem; no filme seguinte, ganhou um papel secundário: era um dos bandidos da história.

Capitão Poeira levava jeito?

Ao assistir aos copiões no Laboratório Líder, produtor e diretor sentiram arrepios: com rosto opaco e gestos bruscos, rígidos, nosso artista de Pedra Ramada conseguia estragar as poucas cenas em que aparecia. Sem dinheiro da produção para refilmar as cenas com outro ator, Aurélio pensou e pensou e resolveu mudar o nome do bandido para... Robô. Foi a salvação: mais tarde, pelo menos um crítico iria elogiar "o novo ator no papel de Robô". Mas isso aconteceu na época das vacas gordas: Aurélio ficou muito tempo sem filmar.

O Natal, sem árvore nem presentes à vista, se aproximava. Eram quatro marmanjos na casa da Ilha, sem família e sem dinheiro: além de Aurélio e seu sobrinho Chico, Hélio, diretor de fotografia, e Luizinho, assistente de direção. O grupo era bem a imagem da crise do cinema brasileiro: tristeza e escassez.

Uma vizinha de porta, bancária, balzaquiana e feinha, na última hora houve por bem convidá-los para passar a noite com sua família — "uma ceia modesta, sem luxos". A família, além dela, compreendia o pai, paralítico e esclerosado, a mãe, de cabelos ralos e pintados, e uma irmã mais jovem, retardada.

Antes da ceia, Hélio e Capitão Poeira acabaram com uma garrafa de cachaça. Saíram os quatro e entraram na casa vizinha.

Televisão ligada. Mesa posta: velas brancas em garrafas vazias de cerveja, meia dúzia de nozes, rabanadas e passas faziam a ornamentação. A vizinha bancária desdobrava-se em gentilezas. A irmã retardada olhava e ria. A mãe, invisível, preparava a ceia. O pai, na cadeira de rodas, não se mexia.

Os quatro cavaleiros solitários sentaram-se num conjunto de poltronas remendadas. A vizinha e bancária trouxe cerveja, copos. Se serviram, conversaram — só Hélio e Capitão Poeira pareciam não saber muito bem onde estavam.

A irmã retardada correu até o pai e gritou, como um animador de programa de televisão:
— Terezinha! Terezinha!
Uma baba correu da boca do pai, ausente.
Meia dúzia de copos de cerveja mais tarde, Hélio e Capitão Poeira se desligaram de vez e pegaram no sono ali mesmo, no sofá.
Quando a ceia foi servida, eles ainda dormiam.
— *Happy Christmas* — disse a bancária.

No dia seguinte Aurélio e Luizinho acordaram mais cedo e — combinados — não responderam ao bom-dia com voz de ressaca de Hélio e Capitão Poeira, a caminho do banheiro ou da cozinha. Pouco depois, os recém-acordados voltaram à sala e tentaram puxar conversa. De cara fechada, Aurélio e Luizinho nada falaram. Hélio e Capitão Poeira ainda insistiram — sem reação, Hélio pensou em amnésia alcoólica, Capitão Poeira não pensou em nada, mas não agüentou:
— Posso saber por que vocês não falam com a gente?
Aurélio e Luizinho se olharam, olharam pra eles. Capitão Poeira repetiu a pergunta, com outras palavras.
Silêncio.
Capitão Poeira insistiu, secundado por Hélio.
— Vocês ainda perguntam — falou Aurélio, sempre sério.
— Sem papo — disse Luizinho, sério.
— Mas o que aconteceu? — falou Capitão Poeira, aflito.
— O que é que a gente fez? — disse Hélio, pálido.
— Vocês são é cínicos — falou Luizinho.
— Querem mesmo saber? — disse Aurélio.

— Claro, pode falar — disse Capitão Poeira.
— Apenas isso! — disse Aurélio. — Você abriu a braguilha e mijou no meio da sala, e o Hélio, pior ainda, tirou a roupa pra pobre da débil mental.
— Que é isso? — disse Capitão Poeira, lívido.
— Não é possível — disse Hélio, lívido.
E os dois passaram o dia todo muito, muito preocupados.

3
COMÉDIA DE EQUÍVOCOS

SEM TRABALHO E SEM DINHEIRO, Aurélio teve de entregar a casa da Ilha do Governador, e se mudou para um quarto-e-sala da Prado Júnior, em Copacabana. Capitão Poeira foi com ele.

Capitão Poeira ficava em casa lendo e relendo sua coleção de *Pato Donald*, e Aurélio ia todo dia ao beco dos cineastas, ou beco dos aflitos, na Cinelândia, pra ver se pintava alguma filmagem.
— E o Capitão Poeira? — perguntou Luizinho a Aurélio, enquanto tomavam um cafezinho. — Continua enchendo a cara?
— Isso ele sabe fazer — disse Aurélio. — Agora inventou de escrever um livro. Não sai da primeira página.

Um garoto colocou um folheto na mão de Luizinho:

> Se você quiser beber, o problema é seu. Se quiser parar de beber, o problema é nosso.
> Procure a
> ASSOCIAÇÃO DOS ALCOÓLICOS ANÔNIMOS
> Tel.: 235-5676

À las cinco en punto de la tarde a campainha soou. De cuecas, e com um copo na mão, Capitão Poeira abriu a porta.
— Sr. Francisco? — Era um homem de terno e gravata.
— Eu mesmo. — Capitão Poeira olhou, sem entender.
— Permita me apresentar: sou Jaime dos Santos, da AAA — disse o homem de temo e gravata.
— Sim, pois não. — Curioso, Capitão Poeira abriu mais um pouco a porta.
— Com licença — o homem de terno e gravata foi entrando.
— Bem... não repare — talvez Capitão Poeira se referisse mais ao fato de estar de cueca do que ao estado do apartamento. — Se for venda de carnês ou de coleções, vai perder seu tempo... Aceita uma cachacinha?
— Creio que o senhor não entendeu — e o homem de terno e gravata assumiu uma pose solene. — Pertenço à Associação dos Alcoólicos Anônimos. Estou aqui a seu pedido...
— Alcoólicos o quê? — Capitão Poeira fez cara de interrogação.
— Associação dos Alcoólicos Anônimos, AAA; o senhor nos remeteu uma carta...
— Peraí, malandro, a última carta que escrevi foi pro Papai Noel quando eu era moleque, lá em Pedra Ramada...
— Compreendo, às vezes temos uma recaída. Mesmo assim, sr. Francisco, aqui estou para uma conversinha sem compromisso...
— Podemos conversar à vontade, xará, mas tem certeza que não errou de apartamento?
— Francisco Solano Alves, não é o senhor?
— Parece que sim, mas não escrevi...
— Quem sabe, num impulso... para se curar...

— Peraí, malandro, curar o quê? Não tou doente. Capitão Poeira levou o copo aos lábios.

— O senhor me desculpe, mas não sou malandro...

— Sim, claro, ora, é só uma maneira de dizer; e eu não sou sr. Francisco, sou Chico, Capitão Poeira, e malandro ou não malandro, o senhor entrou numa errada; ao contrário do que deve estar pensando, eu e a velha birita mantemos as melhores relações possíveis...

— O organismo é seu... e o senhor deve saber o que está fazendo com seu espírito – o homem de terno e gravata empertigou-se.

— Exército da Salvação a essa hora não – e Capitão Poeira lembrou que estava só de cuecas e com um copo na mão.

— Num momento de arrependimento – prosseguiu o homenzinho –, o senhor nos enviou uma carta desesperada pedindo o nosso auxílio...

— Mas que carta, cara? Quem é que está de porre aqui, eu ou você? Deixa eu ver essa carta.

O homem de terno e gravata sacou um envelope do bolso. Capitão Poeira segurou o envelope e tirou a folha de dentro; desdobrou-a e foi passando os olhos por ela: "...e estou a ponto de me desatinar ou me suicidar, tão prisioneiro da bebida me tornei, me salvem pelo amor de Deus!" – e deslizou o olhar para a assinatura.

— É, a carta existe. Só que a assinatura não tem nada a ver comigo – e devolveu carta e envelope ao homem de terno e gravata. Pensou: "Será que foi o meu velho, lá em Pedra Ramada? Tá cheirando mais a sacanagem do tio Aurélio."

— Sr. Francisco, desculpe nossa insistência...

— Claro que desculpo; desculpo sim – e foi caminhando, com a mão no ombro do homem –, mas não me leve a mal, estou muito ocupado, e é melhor o senhor ir andando.

O homem de terno e gravata saiu, falando, antes, em "amor a Deus" e "necessidade de auto-estima".
Capitão Poeira continuou bebendo – bebendo e pensando.
– Foi você quem armou essa presepada? – perguntou ele a Aurélio depois de falar da visita, e assim que o tio botou os pés em casa.
– Tás pensando que eu sou moleque? – respondeu tio Aurélio, em tom de quem encerrava o assunto.

4

AS MIL E UMA NOITES DE UM PORRE SÓ

HISTÓRIAS, TUDO SÃO HISTÓRIAS, murmurou Capitão Poeira depois de reler pela décima vez (sempre esquecia o que havia lido antes) um exemplar qualquer de *Pato Donald* e de repensar um pouco a própria vida (também esquecia o que se passara), com suas repetições (sempre um dia após o outro, não era?) e mudanças (das margens do Avanhandava às margens do Atlântico), estradas e desvios, altos e baixos, claros e escuros, porres e ressacas.
Tio Aurélio dormia e roncava.
Capitão Poeira ligou a televisão – só a imagem; som, não.
Serviu-se de meio copo de cachaça; pegou um lápis e o velho caderno jogado ao lado com um título na capa, em letras grandes:

AS MIL E UMA NOITES DE UM PORRE SÓ

– e abriu-o nas primeiras e únicas frases anotadas:
"Quando me perguntam quando tomei meu último porre, respondo que foi há mais de cinco anos. E até hoje não consegui sair dele."
Capitão Poeira ficou parado com o lápis no ar, caderno no colo. Coçou a cabeça: melhor uma frase mais séria, um título mais sério. Bebeu um gole, riscou a frase e o título.
Fechou o caderno.

Lápis ainda na boca, olhou as imagens mudas da televisão: um filme de bangue-bangue. Os bandidos tentavam encurralar o mocinho – mas sua atenção, à procura, cismando, viajando, não acompanhava os olhos, os tiros.

Caiu um homem morto. Passou a mão pela capa do caderno, como se alisasse um dócil animal. Abriu-o outra vez, arrancou a página com as frases escritas e riscadas.

Intervalo.

Aguardava, mão parada com o lápis encostado na folha em branco. O mocinho conseguiria salvar a mocinha? – a luz só viria do televisor e não da sua cabeça? Outro gole, coçou a cabeça, maneira de pensar desde que era criança.

Voltou o filme. Pressionou a ponta do lápis no caderno, com cuidado para que a ponta não se quebrasse. Parecia se preparar para alguma coisa, talvez uma corrida de longa distância, salto de obstáculos ou para algum espetáculo, *there's no business like show business*. Quando seria dada a largada, quando subiriam as cortinas?

Enquanto isso aquecia o estômago, a cabeça, os músculos.

E como se o som voltasse ao seu televisor mental, Capitão Poeira pôs-se a escrever, escrever – o lápis deslizando por entre as linhas – e tanto escreveu que quando deu por si e percebeu as linhas e brilhos da televisão da sala fora de ar, já havia composto o primeiro e o segundo capítulos da sua história, intencionada, desejada ou pretendida.

Tarde, tarde da noite – colocou o lápis de lado.

Desligou o televisor.

Ajeitou-se na velha cadeira para ler ou reler o que havia inventado. E começava assim:

"Confesso que ando um pouco perdido. Inicio por onde inicio – onde mesmo? – e sinto o pulso falhar, a teia se desfazer, dado ou detalhe de certa gravidade, pois a aranha vive do que tece –"

5

PRIMEIRO CAPÍTULO

"CONFESSO QUE ANDO UM pouco perdido. Inicio por onde inicio – onde mesmo? – e sinto o pulso falhar, a teia se desfazer, dado ou detalhe de certa gravidade, pois a aranha vive do que tece, conforme dizia e anunciava Mestre Pastinha aos noventa anos, e eu sempre respeitei os mais velhos e cheios de casos, viveres e aconteceres – e assim vou tecendo, aos trancos e barrancos e arrancos, esta teia que mal começa e que talvez comece mal, sem desenho de bordado que a oriente e a limite – às vezes me confesso um pouco perdido.

"Chega-se a um ponto em que a gente se pergunta: Para onde estou indo? E como ir para este lugar que não sei qual seja? Sobretudo, por que ir? Não poderia ficar parado? Não tecer teia alguma? A aranha, ao construí-la, é engenheira, operária, deliberada e, depois da tarefa cumprida, trapezista, passageira. O que é que eu tenho a ver com isso? Mero personagem e narrador indireto, rolo e me enrolo não na teia ainda não tecida mas em novelo de lã, novelo desnovelado ou camisa-de-força – e eu, o que faço e refaço aqui, aqui mesmo? Viajo ou visito os nervos do coração das coisas ou examino a mim mesmo com pinça e bisturi em mesa de operação? Tento resolver teorema, enigma, ou procuro alguém dentro do corpo? Com delírios analíticos e suspiros existenciais, construir a ponte, a relação, narração? Mas eu mesmo sou a narração; sou a fala, a dicção, a articulação dos sons que invento e emito e que se voltam contra mim como bumerangue. É esse o paradoxo: ao soltar as palavras, destruo o conjunto; logo, a possibilidade da narrativa, narração, para que elas, palavras, não sejam de todo desvendadas. Pois se desvendada, adeus mistério. Seria claridade, clareza: sob as luzes, qual o espetáculo?

"Mas onde estava eu, em que novelo de lã me enredara desta vez? Afinal, era gato, aranha, lebre, narrador, personagem? Ou serei mesmo este ser humano de carne e ossos que se quebram e se racham a cada descompasso ou malabarismo inesperado? Não possuo carteira de identidade, CPF, INSS, título de eleitor, ISS, não pago contas, comida e bebida? Que fantasma é esse que sofre de enxaqueca como as damas aristocratas do século passado dos romances de Balzac? (Nunca li Balzac; mas dá *status* citá-lo.)

"Realismo: essas impressões digitais são minhas, ninguém tira.

"Ao mesmo tempo, me perco no espaço contido – e perdido, perdido e meio, ah, mas não, não haverá de ser sempre assim: saberei o caminho, encontrarei alguém que me encaminhe, que me diga vá por aqui, esqueça esse atalho falso e siga em frente, dobre à esquerda ou à direita – que me segure pelos ombros e me balance para voltar a mim mesmo pois é melhor elaborar respostas do que fazer perguntas."

6

TEMPO DO CALABOUÇO

(TUDO, TUDO QUE É SÓLIDO se desmancha no ar, mais ainda aquilo que não o é muito bem: a vida muda. Frase inicial que evoca Marx e seu *Manifesto,* mas apenas para se concluir que se encerrou (lembrando a História, referindo-se à narrativa), portanto, a "fase tio Aurélio" das vivências cariocas do Capitão Poeira. E, neste embalo de transformação, aproveitamos para acabar também com o uso da terceira pessoa; afinal, por que referir-se a Capitão Poeira como "ele" — a fingir, em nome de um recurso técnico — se Capitão Poeira sou eu mesmo, moleque de Pedra Ramada, cidadão do Rio de Janeiro e — quem sabe? — do mundo.)

Com o que ganhei na superprodução de *Soçaite nua e crua em baby-doll,* aluguei um conjugado na Sá Ferreira, Posto Seis. Era a primeira vez que eu morava sozinho; me alimentava de ovos, espaguete, banana amassada com mel e Nescafé.

Primeira providência, e a mais difícil: parar de beber.

De Capitão Poeira já havia quem me chamasse de Chiquinho Birita, de tanto que eu "entornava", desde que, chegado ao Rio de Janeiro, me vira "acometido" da solitária prática de halterocopismo. Tio Aurélio tinha segurado uma barra, precisava reconhecer. A abstinência dos primeiros dias foi a pior, mas em seguida podia beber um chopinho como todo mundo que ninguém é de ferro. O mal estava na danada da cachaça.

O resto era o cotidiano que a glória do mundo assim passa, e a minha vida passava-se no meio de cinema, embora continuasse sem saber se era cinema mesmo que eu queria no meio da minha vida. Coisas da juventude, rabujos de adolescência: nada a ver com as hesitações hamletianas, por exemplo. Enquanto isso, ia levando ou me deixando levar: o que aprendera em cinema me ajudava a sobreviver e a viver, com um dinheiro aqui e uma candidata a atriz ali, na minha cama. E entre uma e outra filmagem – cada vez mais espaçadas – descobria em mim a vontade de escrever um livro, não um livro qualquer ou qualquer livro, mas aquele específico que – sem o saber – fazia cócegas dentro de mim. Já tinha dois capítulos prontos (resultaria em alguma coisa?) e tratava-se do passado imaginário e do cotidiano póstumo ou do imaginário póstumo e do passado cotidiano.

(Do futuro não sei. Do passado, bem... Nunca mais voltei a Pedra Ramada, filho desnaturado; o velho Tião Alves não me escrevia, nem eu a ele; Gracinha, com certeza, voltara para a casa do tabelião Pontes, aquele que vivia entre a cama da família e o monte de milho da Maria Mole. Tentava conviver com o esquecimento: ah, Cine-Teatro Imperial, D. Benta, João Índio, amigos, todos escondidos num canto da memória – ah, Avanhandava, passou-se o tempo de mergulhar em tuas águas, hoje talvez poluídas! e mergulhava agora neste outro Rio de Janeiro a dezembro, pois não somos passageiros desta vida?)

Passageiro de ônibus.

Com freqüência, eu ia até a cidade para (com carteira falsa de estudante, que me dava direito ainda a pagar meia entrada nos cinemas), "pegar" o bandejão do restaurante dos secundaristas, o Calabouço, a fim de variar meu espaguete-com-ovos ou minha banana-amassada-com-mel. Era um banquete... de gororoba, acompanhada de arroz e feijão.

No gigantesco Calabouço, os "colegas" falavam sempre em realidade nacional, reformas de base, povo, revolução. Aos vinte e poucos anos, como não me inquietar ou me preocupar; como não me revoltar? Em Pedra Ramada, não tive tempo de perceber as diferenças e injustiças sociais. No Rio, começara então meu processo de conscientização, como os estudantes me diziam, às vezes me gozando: de qualquer forma, que irresponsável era eu?

7

SEGUNDO CAPÍTULO

"PARA BOM ENTENDEDOR MEIA palavra bas —
"Meia pal —
"Bem, o que de fato me preocupava era como começar este capítulo, problema que já andou afligindo numa longa e fria noite européia a Vladimir Nabokov, por exemplo, só que ele, é claro, resolveu-o de maneira diferente da minha, posto que escritor bem pior do que eu, quer dizer, bem melhor do que eu. Mesmo dilema, só nossos talentos são diferentes. Não pretendia fazer trocadilho bobo (para bom entendedor meia palavra *bosta*), mas de qualquer forma, ao que parece, venci o dilema inicial e dele saí: comecei o capítulo segundo da presente e de presente narrativa.

"Valeu ou deveria anulá-lo?

"A dúvida procede: ao leitor não é dado o direito de reconhecer ou perceber com clareza as encruzilhadas e hesitações do narrador ou do autor — o leitor precisa acreditar naquilo que está lendo, e se o próprio narrador-autor (ou personagem?) não se mostra convicto do que está fazendo, o que dizer dele, leitor, esse ser exigente e inexistente, atento e distraído?

"(Divaga-se por duas razões: por mera filosofia ou quando o sol bate firme na nossa moleira.

"Adiante.)

"Meu primeiro mestre começou a me ensinar coisas já sabidas, e era por isso, por sabê-las, que eu havia me perdido. "Dispensei-o.
"Viajei, corri mundo atrás do sábio hispano-libanês Ibn Taufik Chemall, em quem e com quem vislumbrei a luz da Verdade. 'Só poderei ser seu mestre quando você perceber que não necessita de mestre' – proclamou ele, e me dispensou.

"Guardado e resguardado em casa, durante sete meses, tentei me livrar da idéia de encontrar alguém para me orientar – sete meses de reflexão e dispersão.

"No dia em que saí à rua, me apeguei à primeira pessoa que vi e com quem falei. Era um vagabundo, andrajoso; não sei se chegou a me entender, pois não fez perguntas nem me trouxe respostas. Morava debaixo de uma marquise e durante a noite tentou segurar as partes minhas que nem sabia mais para que serviam – só sei que, assustado, empurrei-o e disparei pelas ruas – corri.

"Corri e corri pelas dobras da noite cheia de chuva e só parei quando encontrei uma mulher que me chamou com um psiu, um olhar e um sorriso. 'Fazendo cooper?', falou ela. Olhei, não respondi. 'Quer fazer neném?', ela disse. Não entendi. 'Ai, que frio, vamos pro hotel.' Nada respondi – fazia frio, era verdade. Ela foi na frente, entramos no hotelzinho. 'Paga o quarto antes, benzinho.' Vasculhei os bolsos, separei as notas, paguei o homem – não sabia quanto era. Subimos pelas escadas. No quarto, ela tirava a roupa, eu olhava. Estranha operação. Ela se enfiou debaixo dos lençóis – e me olhava. Não, não tirei a roupa; me deitei na cama. Não escutei o que ela parecia me dizer: dormimos – eu pelo menos dormi.

"E eu que me imaginava em alguma rua de Sevilha à procura da Verdade, descobri, na manhã seguinte, ao sair do hotel, que estava nos arredores da Central do Brasil, Rio de Janeiro – e sem o resto de dinheiro no bolso. A estranha mulherzinha que me levara ao hotel desaparecera – ela e meu dinheiro.

"Caminhei para casa, isto é, sem destino, pois não tinha casa.

"Enquanto andava, pensei: dizem que é com a vida que se aprende, mas o que havia aprendido eu com aquela mulher que se evaporara e com aquele mendigo que queria me apalpar? O que teriam me ensinado eles?

"Eu era um aprendiz de viver. No entanto, pensava na vida, pois é mais fácil pensá-la (mesmo sem chegar a conclusão alguma) do que vivê-la. Pelo menos – me consolava – não iam me roubar nem me apalpar.

"Pensei, andei, deixei tudo de lado. Qualquer que fosse minha opção, estaria sempre exposto à vida, como aos micróbios, ao vento e à chuva – exposto. A vida – jamais me ocorrera que compreendê-la e vivê-la eram coisas que aconteciam ou deveriam acontecer ao mesmo tempo, concomitantes.

"Continuei pensando e vivendo até o dia em que encontrei Verinha, a coisa mais linda do mundo.

"Voltei ao cotidiano.

"(Ou terá sido mais tarde?)"

8
A COISA MAIS LINDA DO MUNDO

A COISA MAIS LINDA DO MUNDO mora no meu edifício. No andar de cima. A coisa mais linda do mundo é jovem, tem frescor e exuberância, inocência e calor – muito calor, ó verão! Que maravilha.

A coisa mais linda do mundo desce ou sobe no mesmo elevador que eu, e, quando a coisa mais linda do mundo sobe ou desce no mesmo elevador que eu, meus olhos procuram a meia-altura das paredes, o chão, o teto, como se olhá-la assim com surpresa e sem preparo fosse me fazer sucumbir ao raio de sol de sua beleza ou levitar de puro encantamento por uma semana.

Que balanço, que pele, que corpo.

(Ai, meu Deus, livrai-me da tentação – as voltas que o mundo dá nas voltas do corpo dela!)

Cheguei à conclusão de que a coisinha mais linda do mundo não era de Copacabana, talvez nem do Rio. Mulher de Copacabana (mesmo feia) não tem falta de malícia no olhar e no andar, como ela. Sim, ela desconhecia, passava e desconhecia a força de seus prováveis dezoito aninhos.

Ela surgiu e apareceu com o verão.

Uma tarde quente precisei ir à Cinelândia tratar de um assunto qualquer com tio Aurélio – e ao entrar no elevador vi a coisa mais linda do mundo segurando um bebê no colo.

Ela sorriu, eu sorri e olhei a criança.
– É seu? – perguntei.
– É da minha irmã – falou ela.
Que gracinha, e o que mais dizer, meu Deus, ajudai-me a encontrar as palavras, palavras... E então ela se deu conta, e eu também, de que a pressão do bebê contra o busto amplo abrira o botão da blusa e os seios (ah, doces devaneios!) semi-apareceram, morenos, roliços, e ela sem jeito mas com olhar de surpresa e inocência flagrada em distração começou a abotoar a blusa com a mão livre, o sorriso como desculpa ou diálogo.
– Lindos – falei, baixinho, e ela sorriu, sem malícia.
Elevador no térreo.

Peguei um ônibus para a Cinelândia com a cabeça cheia de estrelas e brilhos, desejando um par de óculos escuros para preservar aquela visão e me resguardar do resto da realidade – guardar na retina a curva e a pele de pêssego daqueles seios definitivos.
Resolvi o que tinha de resolver com tio Aurélio e voltei para casa no fim da tarde.
Quando entrei no edifício, a coisa mais linda do mundo esperava o elevador na portaria.
– Oi – falei, coração quase aos pulos; nem Gracinha tinha sido tão fulminante. – Segundo encontro do dia, que coincidência!
Ela sorriu.
(Desta vez queria uns óculos escuros, mas para amortecer os raios do sorriso dela.)
Aproveitei bem a viagem de elevador: soube que era de Curitiba; que se chamava Vera; que passava as férias com a irmã mais velha; que se sentia sozinha longe dos conhecidos – e aí então eu escutei (e da minha própria boca havia saído o convite?) que ela gostaria, sim, de ir ao cinema, adorava cinema. Bem, se ela adorava cinema, eu também adorava cinema e adorava a garota que adorava cinema, beleza em tecnicolor, estrela de Curitiba, do mundo nada se leva, *from here to eternity*.

9

MAIS MENINA QUE MULHER

> *"Você, menina-moça,*
> *mais menina que mulher,*
> *confissões não ouça,*
> *abra os olhos se puder..."*
>
> Tito Madi (samba-canção)

CHICO AMOR MEU,
é meia-noite, estou com sono e penso em você. Benzinho, não agüento mais Curitiba, a família, tem um garoto que me paquera mas não posso mais pertencer a ninguém, nem de corpo nem de alma. Sou sua, minha vidinha, vem me buscar. Não tenho mais lido fotonovela. Morro de saudades, beijos e beijos e beijos da
                                        Verinha

Chico amor da minha vida, por que você não escreve? Por que não vem para Curitiba ou me leva pro Rio?

O que está acontecendo? Você adoeceu? Escreva logo pra sua Verinha aflita. Te gosto muito.
Fui ao dentista. Tratamento de canal. Que chato.
Um beijo e outro e outro da

Verinha

Minha vidinha,
eu vou bem obrigada embora você não tenha me escrito nem me perguntado. Saiba que não te esqueço e te amo, você tá cansado de saber. Aconteça o que acontecer, estarei sempre ao teu lado. Dizem que a distância é inimiga do amor e da felicidade mas não acredito. Não há obstáculos quando duas pessoas se amam. Como serei feliz com você tão longe, como irei sorrir? Amar é mesmo sofrer no paraíso?
Talvez ao ler esta carta você ache graça disso tudo.
Beijos daquela que derramou lágrimas no seu quarto para ficar com você e nem assim isso foi possível

Vera

Meu amor, como vai? Aqui chove bastante e faz um frio danado. Não recebeu minhas cartas anteriores?
Estou morrendo de saudades, mas agora não posso escrever o que desejava, cercada de olhares indiscretos.
Não se preocupe, amor, a pílula não me prejudicou, só engordei um pouco e meu seio inchou na época. Já voltei ao normal.
Semana passada liguei duas vezes, você não estava. Me diz a melhor hora para te encontrar em casa.
Quero te ver logo, logo, é o que pede a tua

Verinha

10

A COISA MAIS LINDA DO MUNDO

A COISA MAIS LINDA E CHEIA de graça do mundo chegou às 21 horas conforme o combinado e encontrou na portaria seu companheiro para a última sessão de cinema arrumado lépido e fagueiro. Eu mesmo, Capitão Poeira.

Ao longo da longa avenida Nossa Senhora de Copacabana, eu não sabia onde colocar as pernas – bem, as pernas sabia, uma depois da outra, que assim caminha a humanidade. Não sabia era onde botar as mãos, que pendiam estranhamente dos meus braços. A excursão foi do Posto Seis ao Metro-Copacabana.

Ora, horas; dizer que me lembrava do filme seria invenção da minha parte; sei que a atriz era tão linda quanto a coisa mais linda do mundo, mas ela lá na telinha e a Verinha ali, a um palmo de distância. Abracei a poltrona, quer dizer, o braço contornou seu encosto; depois o braço deslizou e repousou nos ombros dela, primeiro o ombro de lá, em seguida os dois, que beleza – e o braço andarilho, o braço dançarino apertou o ombro de lá com a mão de lá e o rosto dela se virou e nos beijamos como dois anjinhos na tela bem antes do *happy end*; e no final do braço, como se sabe, existe a mão, e a mão escorregou, deslizou suave pelo colo suave dela e tateou procurando caminho e meio de expansão e expressão por entre a blusa o sutiã a pele e tocou acariciou aqueles seios manjares e meus olhos de volta para a tela não viam nada nada e era melhor parar senão...

As luzes se acenderam: *The End.*

No começo da caminhada de volta – só então – Verinha me disse que tinha quinze anos de idade.

Levei um susto, soltei uma interjeição, levei a mão à testa.

– O que foi? – ela se espantou também.

– Nada. Imaginava que você tivesse uns dezoito anos – e me lembrei da Gracinha e do casamento à força; brincar com menor de idade àquela altura era reincidir; lembrei de Nabokov.

Depositei a Lolita à porta do apartamento da irmã, desci as escadas e me escondi em casa.

Acordei tarde no dia seguinte, esquentei a água, uma colherinha de Nescafé na xícara.

Foi quando a campainha tocou.

Pernas de fora, saída-de-praia aberta, biquíni e o corpo em movimento no seu doce balanço a caminho do mar.

– Vim te convidar pra ir à praia – falou Verinha, sorridente.

– Não repare na bagunça... tome um cafezinho comigo...

Juro que, hospitalidade à parte e para evitar cair em tentação – livrai-me do mal, ó Senhor! –, fiz questão de me sentar na poltrona em frente, e não na mesma, ao lado dela. Foi pior: pior a emenda, melhor a visão: a parte de baixo do biquíni biquininho aderia ao corpo dela, transformando-se, passe de mágica do olhar, de pano em pele; a parte de cima a sustentar os seios-manjares que, espremidos, queriam saltar, pareciam pedir liberdade de movimento e expressão, assim como uma volta à forma natural deles: soltos.

Me transformei numa negação do *Homo sapiens*, pois não consegui beber o Nescafé e pensar ao mesmo tempo.

Atmosfera, clima, química, sei lá: não saberia dizer como saí da poltrona e cheguei até ela ou se foi ela que atravessou a longa distância que negava a proximidade de nossos olhos e atrações e veio até mim.

E foi assim que a coisa mais linda do mundo virou minha mulher – e se vocês pensaram que eu iria abrir o verbo, entrar em maiores detalhes, muito se enganam: afinal, ela só tinha quinze anos, o que, aliás, não era minha culpa.

No fim do verão, Verinha voltou para Curitiba, deixando promessas de amor eterno, vou te escrever, sim, claro, minha vidinha!

11
CORREIO SENTIMENTAL

VIDINHA MINHA,
te espero na ansiedade de voltarmos a ser nós mesmos. Meu bem, que espécie de amor existe guardado ou escondido em teu coração? No pouco tempo juntos aí em Copacabana, você pensou realmente em me querer de verdade? Não posso te obrigar a me amar, mas acredite ou não eu só quero você. Quando lembrares de mim, pense sempre que eu te quis e ainda te quero muito muito muito.
Sem despedidas e com muitos beijos da
             Verinha

Amore mio,
São 22 horas. Fui pra cama, peguei um livro e mal consegui abri-lo. Fiquei olhando o vazio e chorei, chorei de saudades. (Não se preocupe, benzinho, mas hoje eu bebi, bebi só um cálice de conhaque, escondido da minha irmã.) Enquanto você não chegar eu não terei paz.
Se minhas cartas te chatearem, amor, me diga e eu me calarei.
Ah, ainda me restam aqueles beijos trocados e selados, que guardo e guardarei com carinho.

Não consigo comer nem dormir: só penso em você. Escreva para a sua

Vera

Chico querido,
preciso repetir como um disco: estou morrendo de saudade, estou morrendo de saudade, estou... Venha o quanto antes porque briguei com a família e a barra pesou.

Você disse que eu não sei esperar, mas você sabe muito bem que vou fazer dezesseis anos e só confio em você e se você me deixasse o que é que seria de mim? Tenho família, mas é o mesmo que não ter – ficaria na rua da amargura.

Amor, estou bem magra, cinqüenta e cinco quilos, e quase não saio de casa.

Nós nos amamos, não é mesmo, vidinha minha?

ESCREVA. Sua

Verinha

Luz da minha vida:
Já virou rotina: hoje e ontem e sempre pensei e penso em você. Meu coração disparou, quedei muda, só relembrando... Por que tudo nos separa ou me separa de tudo o que tenho no mundo que é você? Caminhar pela estrada da saudade ainda é amar. Quero que saibas que não estás sozinho, mas eu te queria aqui comigo agora e sempre.

Amor, vem correndo me buscar.

Vou tentar ligar na segunda-feira, quem ama está disposta a tudo, e sei que tão cedo você não virá, mas aguardo e sinto a angús-

tia das horas vazias e lentas e escuto o relógio dizer que o tempo passa sem parar, sem parar, e eu te amo tanto tanto que...
Esta é a segunda carta de hoje e da tua

Vera

Vida minha,
machuquei o joelho andando de bicicleta. Nada demais. Só preocupada.
Contigo. Tá zangado comigo? Então escreve, *please*. Minha irmã disse que você me abandonou porque só tenho quinze anos. Não acreditei. Você não diria uma coisa dessas.
Bye-bye, beijos e saudades

Vera, a seduzida e abandonada

Coração,
estou me sentindo de-ses-pe-ra-da. Você não me responde e esse silêncio me sufoca.
Será que você se arrependeu de ter me conhecido? Estou longe, mas a tua imagem me acompanha e em meus sonhos eu sonho você.
Um dia você virá. E será meu para sempre.

Verinha

Chico:
Caso você se esqueceu, meu endereço é o seguinte: rua Riachuelo, 157, apto 3, Curitiba, Paraná.
Beijos,

Vera

Vidinha minha:
me desculpe a carta só com meu endereço. É que morro de saudades e não entendo como você...
Vamos ficar juntos, desta vez para sempre. Mil beijos da
V.

12

PRESENTE DE ANIVERSÁRIO

VESTI JEANS, UMA CAMISETA, calcei minhas botinhas, engoli um café-com-leite-e-pão-canoinha-com-manteiga no botequim ao lado e saí por aí. Cartas e bilhetes da distante Verinha continuavam chegando, mas eu pensava mesmo em outra coisa: era dia do meu aniversário, ninguém sabia disso (talvez tio Aurélio, lá na Prado Júnior, ou no beco da Cinelândia), e eu nada tinha para fazer. Bolos e velinhas ficaram em Pedra Ramada – apagadas.

O dinheiro desaparecia; o aluguel não podia esperar – no máximo, atrasar. Luizinho, depois de cumprir a longa via-crúcis (e aprendizado) como assistente de direção, tentava dirigir seu primeiro longa-metragem – talvez me chamasse para a equipe. Procurei um orelhão.

Liguei e aguardei – adeus, Verinha, terminou o verão, foi bom enquanto durou. Luizinho atendeu, ia até a cidade, vem comigo, a gente conversa no caminho, tudo vai dar certo, podes crer.

Luizinho falava nos milhões da produção enquanto andávamos de ônibus:

– Tou trabalhando este cara há algum tempo pra ele botar dinheiro no meu filme – disse Luizinho, janela aberta, vento nos cabelos.

Fazia calor. Olhei a paisagem e, sem nenhuma ligação, falei para Luizinho do meu aniversário, ele me deu os parabéns, um sorriso, um tapa no joelho. Descemos na Candelária. Seguimos pela Presidente Vargas.
— E este sujeito é sério? — perguntei por perguntar.
Luizinho soltou uma risada:
— Claro que não. 'Cê acha que um cara sério ia pôr dinheiro num filme? Mesmo que seja picareta, desde que solte o tutu...
Chegamos.

A porta do escritório, no sétimo andar, estava aberta, e por ela avistamos um homem alto e gordo, rosto gorduroso, marcado também por cabelos e bigodes pretos, camisa-de-gravata mas de mangas curtas aberta no peito cabeludo.
— Grande cineasta! — ele saudou Luizinho, não sem estardalhaço.
— Grande produtor! — respondeu Luizinho, no mesmo tom.

O escritório era o retrato do dono: descontraído, desarrumado, desleixado, poltronas pobres e puídas, escrivaninha na terceira idade amontoada de cacarecos baratos e de objetos inúteis, ou o contrário. Apresentado mas protegido (ele na frente, eu atrás ou de lado) por Luizinho, a câmera da minha cabeça e as lentes dos meus olhos iam filmando tudo: depois da PAN (panorâmica) inicial, a lente do meu visor fechou-se em PP (primeiro plano) no rosto de Dagoberto — que era esse o nome do personagem — e, antes que Dagoberto percebesse minha filmadora imaginária, o diafragma abriu-se em PA (plano americano) e enquadrou o representante comercial — que era sua profissão —, e Luizinho a conversar, sem música de fundo mas com som ambiente e direto do Nagra; ao mesmo tempo, numa rápida montagem mental, enfoquei um PD (plano de detalhe) em um grotesco cinzeiro de cerâmica em forma de cachimbo — objeto de cena apropriado, com cinzas e guimbas a sair pelas bordas.

Com a desenvoltura de sempre, Luizinho discorria sobre orçamento, informava as percentagens da bilheteria, a parte do distribuidor, a parte do exibidor, a parte do produtor. Atento (mas no fundo desinteressado, concluí: queria era saber das atrizes, como se fosse comer todas elas), Dagoberto a tudo escutava, interrompendo Luizinho de vez em quando com perguntas ou comentários aleatórios, se não bobos.

Depois da catequese de cineasta, veio a conversa dos conhecidos — e Luizinho resolveu dizer que era dia do meu aniversário. Fiquei na berlinda dos olhares: Dagoberto se aproximou, apertou a minha não, parabéns, não é todo dia. Morreu aí o assunto.

Na verdade, só saí mesmo de sob os refletores com a chegada ou aparição de uma garota que não constava do roteiro, e que talvez viesse a desequilibrá-lo com o início de uma nova e imprevista seqüência — ou traria ela algum conflito ao velho argumento?

A garota era muito bonita, de corpo e rosto. Roupas simples, gestos desacostumados, apalpando o ambiente.

— Neide é amiga da casa — falou Dagoberto, envolvendo o ombro dela com o braço, corpo junto a corpo. — Eles fazem cinema, meu brotinho, e vão arrumar um papel no filme pra você.

Neide sorriu, um sorriso de expectativa ou de submissão. Dagoberto continuava a prendê-la no abraço. E, sem mais assunto, revelou meu aniversário. A reação dela foi só abrir mais os olhos. Dagoberto passeava os olhos da garota para mim e de mim para ela. Por fim abriu a boca para dizer o que não constava do diálogo:

— Não vai dar um presentinho pra ele?

Que coisa mais sem sentido, pensei. Sem deixar de me olhar, Dagoberto (mas o que estaria inventando?) cochichou alguma coisa no ouvido dela.

— Vai... Seja boazinha — a conclusão foi em voz alta.

Tudo pode acontecer no escurinho do cinema, mais ainda na tela ou atrás da tela: só entenderia aquela confabulação pouco depois, quando, num súbito corte de montagem (aparentemente com erro de continuidade) para a sala ao lado, porta fechada a chave, o assistente de Luizinho, i.e., eu, transformado em personagem, e o "brotinho" acabaram protagonizando a seguinte cena-seqüência: Quando ela colou seu corpo no meu, sumiu meu constrangimento e ligaram-se as sensações em mim semi-adormecidas desde que Verinha voltara de vez para Curitiba – e a garota chamada Neide, humilde nas roupas e nos gestos sociais, mostrou-se exuberante no rosto e na pele e no afeto que eu descobria e gostava mesmo sem nada entender.

Abandonara a timidez na sala ao lado e, como uma aluna aplicada, sem dúvida levava a sério o presente de aniversário que estava a ponto de me dar e escorreu a mão pelo meu jeans e lentamente abriu o zíper e a mão ousada se revelou suave e eu a beijava e descia a mão à procura dos seios, alvos, tensos, bem-torneados, e ela então abriu meu cinto e o botão das calças que caíram e ela mesmo puxou ou empurrou as cuecas para baixo, calças e cuecas fazendo um círculo a prender as canelas: meus olhos pesquisaram e concluíram: lugar para se deitar, só no chão, Neide já sem roupa, vista e visão que pulou e me abraçou a cintura com as pernas e –

Quando saímos do cenário anterior para a sala ao lado, Dagoberto e Luizinho conversavam ou fingiam conversar: só sorrisos abafados de constrangimentos (meus) ou gozações (deles).

Não sei se Luizinho conseguiu o produtor que procurava; sei que desabafei, já no elevador:

– Que loucura, cara! Só no Rio de Janeiro mesmo!

– O pior você não sabe – disse Luizinho, e seu sorriso antecipava a revelação. – Dagoberto assistiu a tudo pelo buraco da fechadura.

– Mas tinha a chave – tentei me defender.

– Foi de uma outra porta, lateral.

As pedras que rolam: miragem, imagem

ESTE LIVRO É TÃO SIMPLES QUE não necessita de mapa para se chegar a ele. O tesouro está à mostra; tão exposto que muitos haverão de passar por ele sem perceber as pedras preciosas misturadas com os seixos roliços que o compõem, somando ou subtraindo. Os seixos predominam a rolar rio abaixo, com propósito ou destino, sôbolos rios que vão. Sujeira e poluição em meio ao leito principal – o leitor é pescador.

Também cultiva-se pérolas artificiais.

Pérolas.

Este romance começa no Rio de Janeiro e acaba nas nossas cabeças, e nossas cabeças não sabem de nada, Expresso-da-Meia-Noite a cruzar cidades, estados, países, continentes, sem sair do mesmo lugar: afinal, tudo é faz-de-conta (nem tudo é faz-de-conta), grande aventura, existência.

Aventura? Ave, César, ave, e Edgar Rice Burroughs! – nosso livro vai ser dividido, está sendo, em várias e diferentes partes, a revelar e esconder a ação subjacente, tão subjacente que nem aparece, assim como o(s) estilo(s) que, como se sabe, não se compra em supermercado nem em shopping center. Unidos os autores – esquizóides de todo o mundo, uni-vos – poder-se-á chegar ao equilíbrio (?) ou a um sonho de uma noite de verão tropical – de qualquer forma, à utropia, que só a união faz a força ou a dispersão.

(E o leitor, sabe-se lá de onde, irrompe no corpo de baile do pequeno sertão-veredas do coração selvagem da vida e pergunta, Sim, mas qual é o estilo de vocês? O autor responde que o estilo são os outros; que são os outros que o dizem – e confessa não saber muito bem para onde vai. Atrapalhado, concluiu: a rigor, não era para o senhor estar aqui; ninguém se senta para escrever pensando, meu estilo vai ser esse ou aquele; é uma invenção sua, uma miragem do leitor isso que se chama estilo.)

Depois que o leitor sai dos parênteses e pela porta, os autores discutem da inconveniência de se tratar mal, ou da conveniência de se tratar bem, o que vem a ser a mesma coisa, de se responder, enfim, com tortas respostas, ao provável e denominado leitor, pois, sem ele, não existiriam eles, autores, nem seu produto acabado, a história.

Mera especulação: produto acabado o livro não é, mas viagem especial e espacial por dentro e para dentro da mente a fim de, assim, se atingir o lado de fora, o outro lado da lua e da rua: não almejamos a glória local, nacional nem universal. Procura-se o que não se tem – a unidade, o Um de todos nós, mesmo ou apesar de se perceber que ser Um é sufocar os outros em nós e sermos nós é matar o Um em nós. Quando sabemos para onde vamos, preescolhemos, preestabelecemos o caminho; não tem aventura nem salto no escuro.

(Nada como afirmar. Para nós mesmos. Para os outros. Mas assim só é se lhe parece. O jovem escritor Tristão Sombra, ou Tristão Sombrio, ou Franz Klein, ou Kid Skizofrenik, Cláudio C. e assim por diante, escreveu uma vez, "Chega de Literatura! Fora da Literatura não há salvação!", em carta a um escritor mais velho, que deve ter sorrido sem dar maior importância a esse paradoxo verdadeiro. Daremos nós. Cansado da forma e maneira com que a Literatura lhe era mostrada, apresentada, sentia que *aquela* Literatura não lhe interessava, mas sabia que não poderia viver sem Literatura, uma outra, sem maquiagem, gravata ou salto alto – e assim pensou (vá lá) Tristão Sombra.)

Era uma vez – e foi há tanto tempo que criou hera em volta e virou "Hera uma vez" – um desastronauta que resolveu contar uma história, e era uma história tão côncava ou tão convexa que não chegava a aparecer a olho nu. Aventuras de um homem pequeno em meio a um mundo grande: revelava seu crescimento, atribulações, desejos, desilusões – e ilusões também, que, se elas não existissem, melhor seria inventá-las ou criá-las como se cria passarinho. (Sem gaiola.)

Kid Skizofrenik Capitão Poeira e o resto do pessoal poderiam iniciar seu livro (que apesar das discrepâncias e dissonância pretendia-se sério e inusitado) da seguinte maneira:

"Me chame de Ismael. Há alguns anos – quantos ao certo não vem ao caso –, tendo eu pouco ou nenhum dinheiro na carteira e sem nenhum interesse em terra, me ocorreu navegar por algum tempo e ver a parte líquida do mundo. É a minha maneira de dispersar o *spleen* e de regular a circulação do sangue."

O primeiro capítulo chamar-se-ia "Miragem", como em *Moby Dick* – e seria a hora de embarcarmos, marinheiros da terra ou do alto-mar.

(Para lugar algum, geografia interna? Seria tudo miragem? Ou imagem?)

O Brasil é um animal talvez político

1
E VOCÊ SERÁ SEMPRE MEU MUNDO

MEU CORAÇÃO,
acho que vou passar o Natal aí no Rio, já que você não chega nunca. Minha irmã vai de qualquer maneira, eu iria com ela. Aguarde confirmação.
Te amo e você será sempre meu mundo

                  Verinha

....

Bem,
cá estou de volta a essa Curitiba desalmada, depois de quinze dias de sol carioca. Fiquei muito triste por não ter conseguido me despedir de você, como é que eu vou dizer?... Talvez você me chame mais uma vez de bobinha, mas foi depois que te perdi ou senti que te perdi é que vi... Bem, percebi que havia perdido o que tinha de mais precioso na vida, sei que agora é tarde. Tudo aquilo que escrevi nas outras cartas continua sendo verdade. Te telefonei e pedi pra você voltar pra mim e você disse que ia pensar; depois você quis que eu dormisse com você e eu estava com o orgulho machucado e disse que não. Agora é tarde, amor. Talvez tenha sido nossa última chance. Mas ainda cultivo

esperanças de você voltar para mim, continuarei te amando. Não pode terminar assim do dia pra noite. Você foi o primeiro homem a quem eu fui fiel e continuo sendo até o dia em que você falar pra mim claramente "Verinha, não quero mais nada com você".
Não pense que vou deixar meu Chiquinho assim, com um simples adeus. Ainda quero ser sua. Não vou me resignar, as cartas e os beijos trocados não serão cinzas.
Te amo

Vera

Chico,
aproximadamente há um mês ou mais nos separamos. Para mim é como se tivesse passado um século. São dias esses de imensas tristezas. Porque você não voltará mais para a ex-sua Verinha. Mesmo assim quero te dizer: cada segundo que passa jamais esquecerei, pois como esquecer o sonho que vivemos juntos? E para quê? Para mergulhar num pesadelo? Queria e quero que você continuasse sendo sempre o meu mundo.
Talvez esta venha a ser a última e derradeira carta de amor que te escrevo.
Talvez.
Beijo saudoso da

Vera

2
CAPÍTULO QUADRADO

3
ÁLBUM DE FOTOGRAFIA

FIM, FINITO, THE END: tudo que começa termina, Verinha. Foi bom enquanto durou, como disse o poeta do amor, da mulher e do operário em construção, e de quem talvez você nunca tenha ouvido falar, mas não faz mal. Nossa hora chegou, vamos dar um tempo, sinto muito, coração-dos-outros – teria eu outra saída senão continuar a viver? Viver a vida (*apud* Godard), o que é natural para quem ainda não comemorou vinte e cinco anos, dez mais do que você – sim, no princípio, teus quinze anos me assustaram e me atraíram, logo virou uma separação, espécie de pedra no meio do caminho; e as cartas que voavam de Curitiba para Copacabana, uma atrás da outra, como suspiro de admiração ou de pêsames, podiam alisar meu ego de macho, sim, mas e depois, o que fazer com ele e com você, tão longe? Além de vivermos em cidades diferentes, vivíamos em momentos diferentes, andares diferentes do (mesmo?) Edifício do Tempo. Ingenuidade se acreditasse que eu seria sempre o seu mundo – seis meses depois (Seis? Talvez dois.) você não se lembraria mais de mim nem de suas próprias cartas. Fiquei vacinado contra paixão de fotonovela (que você gosta de ler) ou de filme de Hollywood (que eu gosto de ver) com o episódio Gracinha do capítulo Pedra Ramada da minha vida: acabou em casamento apressado, acabou em nada. Não dava como não deu, e agora Verinha vai para o meu álbum de fotografia imaginário, ao lado de Maria Mole, de Gracinha e outras, permanentes e passageiras.

A realidade era que. Realidade são fatos. A realidade era que precisava trabalhar para sobreviver e atravessava período de entressafra, depois de ter participado da produção de *Povo é povo* (documentário/cinema-verdade) e *Amantes ao sol* (longa-metragem comercial e não do Cinema Novo). Ganhei algum dinheiro e alguma experiência. Com o dinheiro paguei meses de aluguel, atrasados e adiantados; com a experiência, bem, não sabia ainda o que fazer com ela, mas para alguma coisa haveria de me servir...
(Toda experiência seria experiência de vida? Era o que eu tentava somar ou captar no livro que escrevia e reescrevia, sem passar dos capítulos iniciais.)

Realidade são fatos, e viver era atravessar o cotidiano, um cotidiano brasileiro e subdesenvolvido que estava por trás do meu "processo de conscientização", como me gozava Luizinho, ainda na luta para levantar a produção de seu longa-metragem. Mas eu, sem trabalho e sem ocupação, continuava numa espécie de despertar, a me preocupar com a tão decantada "realidade nacional", sensível às idéias e ao coração da época e dos "colegas" da Filosofia e do restaurante estudantil: o país no poço e eu no Calabouço. Conversa, discussão, agitação, comício, passeata, conferência, reformas de base, nacionalismo, socialismo, comunismo, Jango, Brizola, Arraes, Centro Popular de Cultura da União Nacional dos Estudantes, greves, Ligas Camponesas e muito mais dessa realidade que entrava pela minha janela adentro, como uma invasão compacta (não só da "consciência", Luizinho) dos sentidos, fosse através da música ("canção do subdesenvolvido"), do teatro (*A mais-valia vai acabar, seu Edgar*, do Vianinha; *Eles não usam black-tie*, do Guarnieri), do cinema (*Vidas secas*, de Nelson Pereira dos Santos; *Deus e o Diabo na terra do sol*, de Glauber Rocha; *Cinco vezes favela*, de vários diretores), dos livros (de Caio Prado Jr., Celso Furtado, Politzer e de Graciliano e Sartre, por minha conta) e mesmo da imprensa (*Última Hora, Correio da Manhã, Brasil Urgente, Novos Rumos*).

Diante da avalanche de informações, pois quase tudo era novidade para quem vinha de Pedra Ramada, e de provocações, no bom sentido, espremido enfim entre tudo isso (à época, não conhecia Cervantes; não poderia me comparar a Dom Quixote, que, depois de ler uma biblioteca sobre as Cruzadas, armou-se de cavaleiro e foi enfrentar as sombras da vida) resultava portanto natural, como se poderia concluir, que eu saísse à rua.

Saía todos os dias: almoçava no Calabouço e ficava pelo centro. Enfrentei meus primeiros moinhos de vento – embora bem reais, com a polícia a cavalo e empunhando espadas assustadoras: era a repressão do governador Lacerda – numa enorme passeata na avenida Rio Branco, logo desfeita. Foi um deus-nos-acuda por todos os lados, ou por cima e por baixo, pois o perigo tanto vinha das patas dos cavalos como das espadas dos soldados. Contra a parede, a muito custo consegui entrar numa transversal da Rio Branco, e por ela corri ou voei. A polícia ameaçava pelas esquinas oposta e laterais. Próximo de onde me encontrava, um restaurante fechava suas pesadas portas de metal, por causa do tumulto generalizado. Corri para ele e forcei minha entrada: ainda havia uma fresta e homens na calçada. O dono tentou me barrar; disse que precisava ir ao banheiro e joguei o corpo pra dentro. Eles acabaram de fechar a porta.

Abri a porta de casa algumas horas depois, resgatado da minha própria aventura. Olhei o chão do corredor: nenhuma carta de Verinha. Sua paixão via postal, com certeza, começava — já havia começado — a terminar.

4
O MISTÉRIO DA VERDADEIRA EPÍGRAFE

"(MAS POR QUE UMA HISTÓRIA deve sempre *desenrolar-se*? E como? Como uma mola? Como uma serpente, enrolada sobre si mesma, ao sol, ou melhor, pelo contrário, nas dobras uliginosas? Em todo caso, uma história deve desenrolar-se: uma situação deve explodir, aumentar, progredir através dos momentos fortes, para um fim, por vezes imprevisto; é quase inevitável, mesmo se não passa de um resíduo da poética aristotélica. Poderíamos no entanto conceber histórias sem desenvolvimento – e, por conseguinte, sem desenlace verdadeiro – que não passariam de uma sucessão de momentos aborrecidos e ricos, trabalhados em profundidade por um passado ambíguo, um futuro incerto, e que só um escritor poderia pôr em semelhante ordem, dando-lhe a forma da narrativa, sempre arbitrária, concordar-se-á facilmente.)"

Jorge Semprum, *A segunda morte de Ramón Mercador*

5

CAPÍTULO HISTÓRICO, PORTANTO ESQUEMÁTICO

QUEM VAI VAI, QUEM não vai vem.

Qual a História? qual o esquema? Nenhuma; ou então, alguma. Na onda que vai e vem, o choque, a surpresa – eis o esquema.

E assim não conto, relato:

eu, Capitão Poeira, cavaleiro andante, *versus* os moinhos de vento da Realidade Nacional.

Faz de conta que ia acontecendo assim: numa noite de autógrafos coletiva, no Centro Popular de Cultura da UNE, bairro do Flamengo, conheci um velho sábio de barbas brancas. O cidadão, artista e subversivo, chamava-se Aparício Torelli, vulgo Barão de Itararé.

O ano de 1963 atropelado pelo ano de 1964.

Foi lembrando de uma frase do barão – "Existe alguma coisa no ar além dos aviões de carreira" – que alinhei alguns acontecimentos que antecederam o golpe de 31 de março/1º de abril de 1964.

Faz de conta que foi tudo realidade:

& *O governo Jango e o ministro da Educação Darcy Ribeiro promoveram a abertura das salas e espaços da corbisiana sede do Ministério (então) no Rio, que se encheu de estudantes a se prepa-*

rarem para aplicar o método Paulo Freire do Movimento Nacional de Alfabetização;

& ondas de greve se espalharam pelo país, como a da refinaria da Petrobrás, área de segurança nacional – todas essas greves, segundo a imprensa, promovidas pelo poderoso CGT, Comando Geral dos Trabalhadores;

& em surdina (como diria um músico), ou na moita (como diria o povo), governadores de estados-chave e altos oficiais das Forças Armadas conspiravam contra "a república sindicalista" e o "perigo comunista" que, segundo eles, já se instalara no Governo e ameaçava tomar conta do país;

& o jovem governador do Rio Grande do Sul, engenheiro Leonel de Moura Brizola ("Cunhado não é parente, Brizola para presidente"), almoçou com os estudantes do Calabouço e depois, em veemente discurso contra "o Imperialismo", na UNE, com exagero ou não, acusou os quase adolescentes americanos do Voluntários da Paz que viviam no país de "agentes da CIA";

& trabalhadores, camponeses, estudantes, intelectuais, socialistas, trabalhistas, comunistas, nacionalistas, católicos e ex-católicos da Ação Popular, trotskistas, simpatizantes e curiosos lotaram a frente e as imediações da Central do Brasil, para ver e ouvir o próprio presidente da República João Goulart, junto com todo o seu Ministério, discursar e assinar os projetos de lei das chamadas Reformas de Base;

& Correio da Manhã, em manchete com letras garrafais: "CHEGA!"

& inesperada (mesmo para a esquerda) revolta dos sargentos da Marinha, liderada por um certo Cabo Anselmo, na sede do Automóvel Clube, e com cenas que pareciam parodiar seqüências do Encouraçado Potemkin, de Eisenstein; e o presidente Jango, como um Kerenski tropical, contemporizou a situação, desdenhando o fato da revolta ferir a tão propagada e intocável "hierarquia militar";

& Correio da Manhã, em manchete com letras garrafais: "BASTA!"

& os tanques descem de Minas Gerais: o golpe em andamento;

& manobras, notícias e boatos, preocupações e esperanças assolam o país: a imprensa mal consegue informar onde se encontrava o presidente constitucional do Brasil, e que tipo de resistência seu cunhado e governador iria liderar lá no Sul, conforme prometera;

& senhoras, moças, velhinhas, famílias inteiras desfilam pela avenida Rio Branco, em nome de Deus, da família e da propriedade: algumas carregavam panelas vazias.

6

CAPÍTULO DE PASSAGEM: POEMA DO PERSONAGEM

(TALVEZ POLÍTICA)

Quem vai soltar
esse grito encravado
em nossa garganta?

Quem vai prender
a palavra Esperança
dentro de mim, de nós?

Quem, com mãos hábeis,
irá destruir a gaiola
da senhora Liberdade?

(Eu grito, eu canto, eu danço,
esperneio e pisoteio no poema.)

7
A HISTÓRIA INTERFERE NA ESTÓRIA

QUEM VAI VAI, QUEM não vai vem ou fica – e quem fica parado é poste. Ou árvore. Mas seria mais adequada uma metáfora marítima: Como uma vaga, uma onda, corrente, enxurrada, precipitou-se sobre nossas cabeças, sim, por fora e por dentro de nós mesmos, e desequilibrando nosso cotidiano e molhando nossa praia – precipitou-se, enfim, o que se poderia chamar de Cadeias de Golpes ou Acontecimentos Inesperados ou Imponderáveis, também conhecidas como História. A política continuava nas ruas das pólis, embora vestisse farda e usasse espingardas, fuzis, tanques: política era polícia, e nós outros uma mistura desconfortável e até então desconhecida de espectadores e fugitivos e não sabíamos de quem nem por que lotavam eles as prisões – e os amigos e conhecidos não paravam em lugar nenhum, cheios de susto e medo com as notícias entrelaçadas com os boatos que surgiam das calçadas e penetravam em nossas casas, em nós mesmos se instalavam.

E assim se passaram os primeiros dias, uma ou duas semanas.

Sem maiores novidades. Até a noite em que, entrando no meu edifício, ouvi do porteiro – não sem uma ponta de susto ou estranheza no rosto – que a polícia queria falar comigo. Traduzindo: eu estava sendo procurado. Polícia? Como assim? Pensei, não falei. Mas eu! Logo eu, meio alienado, sem participações com grupos ou partidos? O que estariam eles querendo? Será que algum amigo ou conhecido do Calabouço, da FNFi ou da UNE, preso, tinha meu nome e endereço na caderneta?

Agradeci ao porteiro como se a visita do DOPS fosse muito natural – e subi.

Não deixei que o espanto me dominasse: passei a mão no resto do dinheiro, camisas, cuecas, meias, a minha coleção de *Pato Donald,* peguei a velha batina franciscana que sobrara para mim das últimas filmagens, coloquei tudo dentro de uma sacola de viagem e não esquentei mais, nem a minha cabeça nem a minha presença dentro daquele apê.

Sim, fugir. Mas havia um detalhe: pra onde?

Nada fazia sentido. Ao mesmo tempo, era bem verdade que *eles,* com ou sem razão (e importava à esta altura do campeonato?), andavam atrás de mim querendo pegar no meu pé – e eu, sem vontade e sem treino, percebia-me fugitivo, a andar pelas ruas inventando meus próprios passos e com um dedo gigante apontando para a minha cabeça: "É ele! É tu mesmo que a gente procura!"

Podia imaginar até uma hora, minutos atrás? O mundo gira e a Lusitana roda, quem vai vai...

Não foi Lenin quem perguntou: O que fazer?

Situação nova, passos novos: sim, mas para onde ir? Me esconder no apartamento do Luizinho? Do tio Aurélio? Complicar a vida deles? Até quando e esperando nem sabia o quê? A volta do filho pródigo para Pedra Ramada? Agora ou nunca. Não, não se volta ao passado. Pegar um ônibus para Curitiba ao encontro da ex-coisa mais linda do mundo? Verinha morava com a irmã mais velha e casada. Não seria a minha praia. A situação era difícil, mas a questão era simples: fugir de mentirinha ou fugir pra valer? Se esconder era uma coisa... Mesmo assim, quem foge foge para algum lugar – esconderijo do tempo, do corpo e dos olhos indesejáveis. Direção – qual a direção? Escolher um dos pontos cardeais. Calma que o Brasil é nosso – ou não é mais. Em primeiro lugar, reconhecer que havia, sim, o medo. Medir o medo, medinho ou medão. Desafio, confronto: de um lado, eu, Capitão Poeira com medo, e, de outro, eles, a polícia e sua força. Não, nenhuma razão para ser preso mas vamos supor que, ainda assim, *não* acreditasse na possibilidade da minha prisão: era só ficar em casa esperando e eles então voltariam e... lá ia eu, devidamente "convocado" e "guardado". Caso contrário, se acreditasse que seria preso mesmo sem saber por que, escolhido e escalado para a prisão devido a meu nome constar da lista de um perigoso subversivo em poder do DOPS – bem, não tinha por onde: era fugir, pernas-pra-que-te-quero.

8
A SOTAINA FAZ O PADRE

NO BANHEIRO DA RODOVIÁRIA, tirei a batina da bolsa e enfiei-a por cima da roupa: caiu bem, até antes de alcançar os sapatos. Não me diria com cara de padre, mas, como a veste faz o homem, a batina me acrescentou um ar de gravidade. Ajeitei os cabelos do novo personagem em frente ao espelho e peguei a bolsa de mão.

Ao passar, na porta, pelo fiscal do banheiro, ensaiei uma expressão ao mesmo tempo ausente e séria, sem arriscar conferir a reação de quem me vira entrar vestindo apenas calças e camisa.

No anfiteatro da rodoviária, dei os primeiros passos, ressabiado. Era uma sensação aguda, desconfortável, como se estivesse exposto, à mostra, a caminhar por entre tantas pessoas "normais", com a veste a me cobrir e recobrir todo. Chamava-se batina; no passado, sotaina. Eu era um padre a mais no mundo – e único, ali – no cotidiano. Os outros me olhavam ou seria impressão minha? Faria de conta de que estava num filme, filmando ou depois das filmagens, projetado na tela das minhas aflições. Andava e olhava para a frente, por cima ou através das pessoas.

No meio do caminho havia um guarda.

Passei pelo guarda no meio do caminho como se passasse por um teste, decisivo. De fato, ninguém iria perturbar um padre, a um padre não se constrange: que bom cristão interromperia seus passos sagrados? Deixai o padre passar com sua sotaina e sua piedade, amém. Em frente. Destino de padre não tinha, mas sabia que meu destino eu mesmo traçava e seguia, até a hora de pegar o ônibus na tranqüilidade do Senhor – e para onde bem entendesse. Bastaria continuar tranqüilo e fazer cara de santo – de santo, não de padre. Mas como seria cara de santo e cara de padre? Não sabia se teriam cara especial: talvez um rosto de quem carregue as confissões e os pecados do mundo nas costas e nos olhos. Prestei atenção a mim mesmo, recompus o "semblante" e a estampa – aprumar o corpo ou me curvar? de que modo compor melhor o personagem? Nunca fui bom ator (tio Aurélio que o diga, me dirigindo como o bandido Robô), mas o novo personagem me proporcionaria meu melhor desempenho, como ator principal deste filme de fuga, medo e repressão – eu, pecador, me confesso... Um certo Capitão Poeira...

Com um olho no relógio e outro no ônibus, esperava a hora da partida. Quando a porta se abriu, fui um dos primeiros a entrar, instalando-me na poltrona. Muita estrada pela frente, aquele chão do meu Brasil de novos e armados senhores. Tão eficientes que pretendiam prender um peixinho "subversivo" como eu, marginal sem causa do cinema brasileiro, e obrigado, devido a isso, a dançar conforme a música (como diria o velho Tião Alves), isto é, desaparecer por uns tempos – e vestido de padre, em nome do Pai e do Filho e do Espírito Santo, amém.

Noite inteira viajando.

Na rodoviária de Porto Alegre, arrumei os cabelos para disfarçar meu rosto amassado, ajeitei a batina, peguei a bolsa de mão e fui comprar passagem para Santana do Livramento.

A espera seria longa: da manhã à noite. A rodoviária parecia se espreguiçar dentro da mistura de luz matutina com a iluminação do comércio.

O que seria da minha vida a caminho do exílio, do exílio da minha vida e caminho! Um banco vazio – me sentei, cocei a cabeça e pensei que poderia parar de pensar olhando as pessoas, viajantes e transeuntes. Mas olhá-las com cautela, sem esquecer que eu era padre e um padre (aprendera isso rápido) atrai curiosidades veladas e silenciosas; um padre não fica incógnito; todos olhavam, olhavam por olhar, olhavam para se certificarem ("Ah, sim, um padre") ou como se, no fundo, procurassem um rosto familiar (*aquele* padre da infância); olhavam na esperança de piedade ou absolvição ("orai por mim, padre"). E em meio a esse jogo de (eu) olhar fingindo que não estava vendo e de ser visto fingindo nada notar, vi uma velhinha, mirrada e curvada, se aproximar. Sentou-se ao meu lado, alma piedosa e humilde, mas, antes que puxasse conversa, me levantei.

Entrei num bar em frente, ajeitando-me entre o tamborete e o balcão com a dificuldade natural das minhas longas "saias". Pedi um sanduíche e um refrigerante – não, meu chapa, uma vitamina de abacate. O rapaz do bar não pareceu entender, talvez pelo "meu chapa", inapropriado na boca de um religioso. Apontei o liquidificador. "Batida de abacate", me corrigiu.

Fazia minha refeição, de costas para a rodoviária. Mas à minha frente (ah, a imagem! a aparência, sempre a aparência, nunca transparência!) o rapaz do bar me observava, ar de respeito, promessa de devoção. No entanto, apenas um pano negro em cima do corpo: o hábito faz o monge, a sotaina faz o padre. Pois, eu, Capitão Poeira, te abençôo, meu jovem, e boa sorte com a ditadura militar que vem por aí.

Só Deus saberia. Deus? Nunca fui católico. Criança, freqüentava os cultos da Igreja Anglicana em Pedra Ramada. Mas agora precisava reconhecer que era uma batina que me salvava, uma sotaina como a do Padre Feijó ou do Frei Caneca: para alguma coisa a Igreja servia.

9
CANÇÃO DO EXÍLIO, OU TERCEIRO CAPÍTULO

(Além dos capítulos iniciais de uma narrativa inacabada, Capitão Poeira escreveu dois outros, sobre aqueles longínquos anos de fuga e exílio. Mais romanceada, sua versão diverge em vários pontos da versão do próprio narrador.)

"PASSADO UM MÊS DE PRISÃO, não sei por que cargas d'água me chamaram para prestar depoimento e logo me soltaram. "Mais tarde, se arrependeram, ou mudaram de idéia: voltaram a me procurar. Não me encontraram. "Prisão de novo? Nem pensar, pernas-pra-que-te-quero. Nem pisquei: peguei um ônibus para Porto Alegre, só com o dinheiro contado e a roupa do corpo; na capital gaúcha, entrei num outro ônibus para Santana do Livramento. Dormi.

"Fui acordar sete horas depois, manhãzinha no campo, pampas e coxilhas, gado holandês, uma ou outra ema de pescoço e pernas compridas, casas de joão-de-barro iguaizinhas às de Pedra Ramada – e gaúchos, a cavalo, a pé, de bombacha, tomando chimarrão.

"Pisei os paralelepípedos de Santana, cidade de David Canabarro, herói da Guerra dos Farrapos; do exílio de José Hernandez.

Pedi informação sobre a praça Internacional. O senhor segue por ali, dobre à esquerda e suba. Segui por ali, dobrei à esquerda e subi. Ultrapassada a lomba, avistei uma praça ampla à direita. Além da praça era "o estrangeiro" – logo pisaria chão uruguaio, sem alfândega, guardas ou documentos. "A fronteira é uma linha invisível.

"E assim começava o meu exílio, no sentido inverso (há tantos anos que já era História) do exílio de José Hernandez. Não sei se o dele foi fácil – o meu não seria. Ele pelo menos aproveitou-o para escrever *Martin Fierro* – eu, não. Ficaria em Rivera, mesmo sem conhecer ninguém? Não convinha sofrer antes da hora.

"Perambulava. Enxergava e via e assistia ao Brasil do outro lado da calçada, tão perto, tão longe. Subia até o cassino e as boates e contemplava, lá embaixo e esparramadas, as ruas brasileiras.

"Numa rua uruguaia e transversal, afastada do centro, descobri uma pensão barata (e vagabunda), onde passei a dormir – *la señora* cobrava a diária antecipada, mão estendida e em silêncio. Cerca (vamos dizer) de dois pesos *"por la noche"*, bem pouco, mas para quem não tinha nada era quase muito. (Meu dinheiro acabaria em pouco mais de uma semana.)

"Dizem que em Roma se faz como os romanos, mas a verdade é que em país estranho não se deve fazer como os baianos: era estrangeiro e exilado, não escondia isso. Ganhei alguns amigos, Juan, por exemplo, que trabalhava no cassino como crupiê e era membro do Partido Socialista. Juan me apresentou a El Cocho, dono de um boliche na divisa e veterano revolucionário conhecido das polícias dos dois países.

"À noite nos reuníamos os três para jogar *vísperas*, que era a minha salvação: sempre ganhava, no mínimo, uns dois pesos. E com dois pesos no bolso eu conquistava o direito de dormir na mesma pensãozinha miserável, *la señora* estendendo a mão e eu entrando no quarto-cubículo, onde só tirava os sapatos para me deitar e dormir, protegido do frio e protegido no sono. (Se tirasse a roupa, ela sairia correndo e gritando por água e sabão.) "Foi só depois de muitas *noches de vísperas* e de lucro que fui levado a concluir (afinal, era coincidência demais) que nossas jogadas e apostas não passavam de artimanha ou artifício daqueles *gauchos* solidários para que *el exilado brasileño* pudesse, pelo menos, pagar sua *dormida* sem humilhação. (Eles tiveram a delicadeza de nunca me dizer nada. Juan, El Cocho, como agradecer? Onde estão vocês?)

"Mas naquela época eu andava convencido de que a sorte estava do meu lado. Não deixava de ter razão: arrisquei no jogo do bicho uruguaio e ganhei. Montei uma banquinha de *periódicos* e revistas; me mudei para um hotel; comprei meias de lã e pulôver, que o frio era brabo; e convidei Juan e El Cocho para comer uma boa *parrillada* regada a vinho."

10

CANÇÃO DO EXÍLIO, OU QUARTO CAPÍTULO

(continuação do relato de Capitão Poeira)

"CERTO TEMPO DEPOIS, ainda em Rivera, encontrei e conheci Barbosa, um *haragano* de mumunhas mis. E a mumunha maior de Barbosa era saber se virar. Só saía ganhando: vida, pra ele, era lucro. Barbosa fora nomeado (ou se nomeara) cônsul em Rivera de um pequeno país da Europa Central e, em nome desse país, realizava seus negócios. País este, claro, inexistente, detalhe que não impedia Barbosa de ter carimbos, papéis timbrados, títulos, diplomas, etc., tudo com a marca e as armas de Luânia, o "país" – assim como um pequeno e seleto serviço de passaportes.

"Meu dinheiro rendera um pouco com a banquinha de jornais, e minha paciência com o exílio uruguaio e municipal chegava ao fim. Precisava mudar; não podia. Não tinha documentos. Foi aí que o Barbosa entrou na minha vida: com passaporte na mão, virei cidadão da Luânia, de nome Pavlo Hellev, com direito a embarcar para qualquer lugar, menos o Brasil, não ia me arriscar.

"Impulsivo – acho que meu ascendente é Áries –, fui até Montevidéu, embarquei num avião para Nova York, depois outro para a Islândia. (Permanecer em Manhattan seria perigoso, por causa do Serviço de Imigração. Não sei muito bem por que a Islândia, talvez remotas lembranças de sagas, só sei que desembarquei em

Reikjavik com um passaporte na mão e uma mala na outra, caso raro de um cidadão da Luânia circulando pelo mundo.)

"Eu, Pavlo Hellev, hospedei-me no albergue da Cruz Vermelha, central e bem-apresentado, diária com almoço, em geral peixe e sopa. (O hotelzinho acolhia hóspedes nos dois primeiros andares; o terceiro andar era reservado para os bêbados da cidade recolhidos pela prefeitura, que pagava suas diárias e refeições.)

"Ninguém me entendia, eu não entendia ninguém – mas me sentia bem. Passeava quando encontrei um museu instalado numa casa grande perto do lago central da cidade. Entrei e só então fiquei sabendo que aquele país era milenar, que dali tinha saído Leif Erikson para descobrir a América.

"Na saída descobri Liv.

"Não sabia que se chamava Liv. Soube depois, logo em seguida – em seguida a seu sorriso e à nossa conversa. Falar islandês, inglês, francês, espanhol? *Pas de tous, un poquito, ¿entiende? understand?* Com mímica, olhos, sorrisos e mesmo palavras – em qualquer língua –, fiquei sabendo que ela se chamava Liv, era sueca e estava na Islândia como bolsista e estudando medicina e assim por diante.

"Tanto que naquela noite mesmo ela dormiu no meu quarto.

"Houve o segundo, terceiro, quarto dia-e-noite, uma semana e, mesmo sem um entender muito bem o que o outro dizia, deu para notar algum sintoma de... Bem, como contar?

"Liv havia concluído o curso e preparava a volta para Estocolmo. Eu iria perder, eu e meu corpo tropical, o aquecimento das noites islandesas. Mas foi então que ela disse:

"*Come with me.*

"Eu fui.

"Chovia em nosso primeiro dia em Estocolmo: lembro dos pingos batendo no vidro da janela. A neve se derretia nas ruas.
"Dois meses depois estávamos separados.

"Conheci uma outra Liv que se chamava Ulla e tinha dezenove anos, cabelos loiros correndo retos até os ombros e uma franja também reta e o resto cheio de curvas e curvas. Foi bem nessas curvas que me perdi quando saía de um restaurante e ela me olhou e sorriu e resolvi conferir e aí então."*

---

*Acaba aqui o relato de Capitão Poeira, bem antes de sua volta ao Brasil. Será preciso retomar a versão do narrador. (N. do E.)

11

VIGILANTE DA NOITE

CAPITÃO POEIRA ERA UM vigilante da noite do exílio; no início, como se sabe, em Rivera, e logo, como não se sabe, em Montevidéu. O Uruguai era um país de braços abertos e, na capital do país, nosso personagem não ficou muito tempo de braços cruzados: conhecidos da colônia de exilados brasileiros arrumaram emprego para ele num hotel, onde foi morar, como parte do ordenado.

Era um hotel modesto de romance de Onetti e Capitão Poeira passava o tempo recepcionando pequenos funcionários do interior e caixeiros-viajantes. Nas horas de folga acabava num bar, com os outros *brasileños*, em volta de copos de cerveja Porteña, *caña* forte e amarelada e conversas que logo se revelariam repetitivas sobre o Brasil, a América Latina, militares, guerrilhas – o futuro incerto de cada um deles, como sair de Montevidéu, e para onde?

Tempos cinzas, mais ainda com o inverno *gaucho y haragano*, montevideano, cheio de ventos e cachecóis.

Com bicho-carpinteiro no corpo (já dizia o velho Tião Alves), Capitão Poeira recebeu uma lufada de esperança quase um ano depois de ter chegado a Montevidéu: conseguiu, com outros exilados, um passaporte da ONU e uma passagem de ida para Paris – de um organismo internacional de ajuda aos perseguidos políticos.

Foi descer do avião e gostar. Era primavera e ele vinha do outono. Verdade que teve tempo e pretexto para se lembrar de

Leslie Caron, Gene Kelly, *Simphony in Paris*, Juliette Greco, Hemingway e dos velhos cinejornais da *Atualités Françaises* (com seu locutor inconfundível: "Paris, a primavera chegou e com ela a moda..."), a que assistia no Cine-Teatro Imperial da infância – enquanto conhecia Montparnasse, Quartier Latin, Champs Elysées, os jardins de Luxembourg, ou ficava horas e horas em frente a um cafezinho expresso, num bar ou bistrô, no Select ou no Boul'Mich.

Verdade também (e ele tinha escolha?) que precisava ir à luta.

O primeiro trabalho foi como lavador de pratos no restaurante da Alliance Française, no Boulevard Raspail, onde acabou conhecendo algumas alemãzinhas e escandinavas. Depois vendeu jornais pelas ruas, *"New York Herald Tribune! New York Herald Tribune!",* repetindo Jean Seberg em *Acossado*. Ganhava uns trocados. Necessitava de mais. Ajudou a pintar velhos apartamentos e *studios* com ou sem mansardas. Às vezes faltava oferta de biscate ou de contato. Distribuiu panfletos comerciais na esquina do Boulevard Saint-Michel com o Boulevard Saint-Germain. Muito tempo em pé, pouco dinheiro. Como promoção na escala da sobrevivência, conseguiu ser *veilleur de nuit* de um hotelzinho da rue Monsieur Le-Prince, adaptando sua experiência montevideana às formalidades parisienses.

("Na França, até os hotéis são cartesianos", dizia.)

Aprimorava seu francês com uma namorada, Nicole. Durou pouco: se dava melhor com as alemãs e escandinavas de pouso ou passagem. Não chegou a aprender alemão, sueco ou norueguês – só uma ou outra expressão, entre um cálice de *calvados* e um carinho.

Foi por causa de uma sueca, aliás, que Capitão Poeira saiu de Paris, ao final de dois anos.

Estocolmo despontou do lado de lá da longa estrada de ferro, a cruzar a Europa e atravessar as expectativas do Capitão Poeira.

A namorada tinha seu próprio e pequeno apartamento. Nosso herói, no eterno e variado exílio, arrumou trabalho num restaurante. Era um restaurante médio e civilizado: ganhava bem. Não podia reclamar da vida, com mulher bonita e dinheiro no bolso. Como se não lhe faltasse nada. Mas faltava. Alguma coisa. Faltava o Brasil.

Era o que percebia, por entre o frio dos relacionamentos suecos e o frio do escuro inverno. Em momentos assim, tudo o que lhe soasse como verde-e-amarelo passava a apertar seu coração, revelando-se em seus olhos, sonho e saudade: sol, praia, feijoada, as cariocas, cachacinha, as piadas e a conversa jogada fora.

Sem a bela sueca e com as economias no bolso, Capitão Poeira voltou para Paris.

Curtiu a cidade, sem necessidade de trabalhar. Mas era passagem, pausa para reflexão e decisão. A intenção era retornar à sua querida Rio de Janeiro, "seja o que Deus quiser". Os exilados que encontrava no Quartier Latin juravam que voltar era perigoso: a repressão aumentara depois do surgimento da guerrilha e do AI-5. Mas a vontade é menos cautelosa do que o conselho. O máximo que poderá acontecer comigo, contra-argumentava e (principalmente) se auto-argumentava nosso exilado sem culpa no cartório, é ser detido para interrogatório, e eu não tenho nada para dizer.

E deu-se o inevitável naquele ano de 1969: Capitão Poeira comprou uma passagem e desembarcou no Rio de Janeiro.

12

"FLYING TO RIO"

QUERO ACORDAR A CIDADE que nunca dorme. Quero acordar as cidades que dormem nos homens e depois acendê-las todas, com luzes e sombras, risos e ruídos, gritos e sussurros, cheiros e calores, ventos e dores, alegrias e paixões — e que tudo dure um minuto. Que seja uma centelha, um brilho, um toque, um aviso, uma lembrança. A vida dura um minuto, que o resto é invenção dos homens, fabricantes de relógios e empresários em geral, sempre querendo ganhar tempo para ganhar mais. Perguntem aos poetas, eles sabem. Perguntem ao Francisco d'Avenida. Perguntem.

A aeromoça me pergunta se eu aceito mais uma dose de uísque, quebrando minha concentração literária e estratégica, pois não consigo dormir em viagens de avião. Olho para ela e noto que ela tem um sorriso digno de Carmen Miranda. Quero, sim. Chica-chica-bum, meu coração também faz chica-chica-bum pois também ele está *"flying to Rio"*: é a volta do herói.

Carmen Miranda se afasta, dou o primeiro gole e, num desvio do olhar, vejo uma distinta senhora, ou coroa bonitona, me olhando, dois assentos laterais na frente. Entre nós dois apenas o corredor, mas alcanço-a com um olhar de surpresa, furtivo. Será que ela me conhece de algum lugar? Dificilmente, quase impossível.

Enquanto os trejeitos de Carmen Miranda ainda invadem a minha mente, sinto que minha grandissíssima literatura (vide primeiro parágrafo) escafedeu-se, voou, foi pras cucuias, e fico eu aqui sozinho com a minha companheira volante senhora dona insônia e as vagas expectativas em relação a este meu retorno intempestivo (ascendente em Áries) e preocupante (os exilados só falavam em torturas), fruto da minha própria (ou de Gonçalves Dias; ou será Casimiro de Abreu?) canção do exílio.

Será que o sabiá ainda canta nas palmeiras? Ave, avião, quase todo às escuras e minha cabeça se ilumina com a quarta dose de uísque sem gelo, luzinha individual acesa, nenhum passageiro ao lado. A nave atravessa os céus e eu, dentro dele, atravesso a noite. Para me abstrair (já que distraído eu sou), tento ler o *Le Monde,* mas a excitação do meu cérebro (se é que eu o tenho, no presente momento) me impede de qualquer concentração. Ele salta de uma cena para outra como num desenho animado – e meus olhos antecipam a seqüência do Cristo Redentor me recebendo de braços abertos e meus ouvidos tocam alguns acordes do "Samba do avião" de Tom e Vinicius. Estou voando para o Rio, voar é com os pássaros, o nó cego do vôo cego.

Ora, ora, não adianta, nasci em Pedra Ramada mas a esta altura virei um personagem internacional. Alguma coisa assim como Gary Grant em *Ladrão de casaca.*

Pronto, mais um ponto de interrogação. Não, não metafísico mas sim fisiológico: a dúvida é se me levanto ou não para tirar água do joelho, *"faire pipi, pisser, comme on dit".* Mijar, enfim.

Solene, o herói desprende o cinto e se levanta. Pé ante pé percorre o corredor macio como o justo sono dos justos passageiros.

Aéreo sou ou estou e toda distração tem o seu preço: não vi nada antes mas assim que toquei na maçaneta do lavatório, senti um corpo colando-se ao meu e me empurrando para dentro e enquanto ela, porque era uma mulher, fechava a porta com u'a mão, eu me virava assustado e via que se tratava da distinta senhora ou coroa bonitona e ela sussurrou que eu não falasse nada, e nem podia pois ela colava agora seus lábios nos meus, os dois espremidos dentro do compartimento tão confortável quanto uma lata de sardinhas e...

Bem, entendi logo: eu estava sendo vítima de um pequeno estupro e como mal conseguia me defender, manda a verdade que eu diga (baseado na filosofia de "relaxe e aproveite") que acabei cooperando com a distinta e fogosa senhora.

No entanto, a surpresa maior ainda estava por vir.

Apertem os cintos, leitores cordatos ou rebeldes, respirem fundo, leitores incrédulos ou cínicos: a coroa (bem, nem tão coroa assim) bonitona e fogosa – fizemos o resto da viagem juntos, lado a lado – era nada mais nada menos do que a senhora do gal. Newton de Almeida Mourão, um dos homens fortes da ditadura Redentora, o que foi mais do que suficiente, num primeiro momento, para que eu duvidasse da minha volta ao exílio sem maiores problemas. Mas antes que esta preocupação tomasse conta de mim, ela disse:

– Talvez seja melhor você olhar muito bem para mim antes de se assustar com fantasmas fardados.

Olhei e não vi nada, quer dizer, além dela mesma.

– Bem – disse ela – acho que você nunca me viu antes, mas com certeza ouviu falar muito de mim. – E depois de uma pausa: – Eu sou, ou fui, a Genny... de Pedra Ramada... a mesma Genny que o velho Tião Alves fez questão de expulsar, fazendo com que eu também vivesse no exílio... *(Vide, urgente, os primeiros capítulos da segunda parte, "A inauguração da manhã".*

A revelação da distinta senhora só conseguiu aumentar o espanto do Capitão Poeira. Bastaria olhar seu rosto mas ele ainda colocou-o – o espanto, o medo – em palavras:
– Quer dizer... Genny? Quer dizer que acabamos de cometer um incesto?

Genny, ou a ex-Genny, não conteve o riso. Depois:
– Pode ficar tranqüilo. Naquela história, eu acabei levando a culpa. É que... havia uma terceira pessoa em jogo.
– E que terceira pessoa é esta – disse Capitão Poeira. – Isto é, se bem entendi, quem foi a minha mãe?
– Posso dizer? – disse Genny.
– Pode, não, deve – falou Capitão Poeira.
– Acho que sim, agora que ela não está mais entre nós. – Mas fez mais uma pausa, talvez desnecessária. – Brígida, a falecida D. Brígida.
– Brígida? Mas como? Ela era minha tia.
– Desde o começo esse foi o plano – disse Genny. – Já imaginou a reação do velho Tião Alves se sua irmã solteirona aparecesse em casa com seu próprio bebê?

Capitão Poeira tomou então um longo gole do uísque como se pudesse se refugiar nele em seguida:
– Você tá me dizendo que alguém tinha de pagar o pato naquela história e que esse alguém foi você?

Genny repetiu com palavras o que já dizia com sua cabeça balançando:
– E eu tive escolha? Claro, fui bem recompensada, e com a recompensa segui para a corte, estudei línguas e boas maneiras, cheguei a ser secretária de executivo de multinacional e foi lá

que conheci o então capitão Almeida Mourão. Em poucas palavras foi esta a transformação da minha vida...

E foi assim, começando pela alfândega do aeroporto onde costumavam constar os nomes dos "subversivos", que nosso herói conseguiu um salvo-conduto para viver os anos que ainda restavam de ditadura. Ou seja, se Genny não lhe havia dado à luz, garantira-lhe a... liberdade.

Armarinho A Liberdade

A LIBERDADE.

Ah, Liberdade! – em vosso nome, e no vosso rastro, escreveram-se todas as histórias das Histórias do Mundo; relatos, tratados, canções. Filósofos, cientistas, poetas, menestréis, políticos, pedagogos, demagogos – espíritos sonhadores e mentalidades pragmáticas – sempre procuraram e procuram ainda A Liberdade. Muitos morreram por Ela (sem encontrá-la, presume-se) e outros clamavam aos céus para que Ela (se pudesse) abrisse as asas sobre nós.

Nosso destino – nós, os autores – não é diferente, e assim nos colocamos em boa companhia: corremos atrás, sempre, de alguma coisa que está na frente, sempre. E nunca A encontramos. Bem, para falar a verdade, sem pensar mais sobre isso, um dia peguei um ônibus e, perdido em distrações, ao passar por uma rua do Catumbi, virei o rosto, olhei e vi:

> ARMARINHO
> A
> LIBERDADE
> MIUDEZAS
> EM
> GERAL

Como se alguma luz se acendesse (estalo de Vieira? *satori* do Sidharta?), e ainda olhando pela janela do ônibus, percebi que a humanidade jamais conseguira encontrar a Liberdade justamente por visualizá-la imensa, inacessível, com "L" maiúsculo e abstrato, ao passo que a liberdade seria, de fato, minúscula e concreta, composta de miudezas em geral, um armarinho enfim. (E logo ali numa rua antiga do bairro do Catumbi e de romance de Machado de Assis – com endereço sabido embora escondido.) Ó, filósofos, artistas e rufiões, cessai vossa procura! Sim, descobri a senhora liberdade! E essa nova descoberta da América, o mundo (ele não será mais o mesmo daqui pra frente) deverá ao vosso inquieto e múltiplo narrador chamado Kid Skizofrenik ou Franz Klein ou Capitão Poeira ou Cláudio C. ou Flávio Vian ou Ismael Geraldo Grey ou Francisco d'Avenida ou Wittgenstein de Oliveira ou Bustrefedón Infante Gatica ou outros que mais foram ou tenham aparecido e desaparecido.

(Antes que o livro acabe:
    nossa literatura não tem palmeira onde canta o sabiá;
    não tem virgens de lábios de mel e olho de própolis;
    vidas secas ou senhores de engenho.
    nem pequenos nem grandes
sertões: riobaldo: veredas. Não, nada disso, nonada, não.

Somos esquizóides e urbanóides: palmeiras, buritis, cacaueiros não brotam no asfalto ou em quarto-e-sala. Fica assim, pois, explicado por que não escrevemos o Grande Romance Brasileiro e sim este pequeno romance in/vulgar, o romance de todos – de todos nós, pelo menos. Escrever é muito perigoso: somos um país invadido, invadidos pelos outros, na rua, no elevador, no ônibus, em casa – e resistir aos invasores é um dos usos da liberdade enfim encontrada e companheira.)

Mas a vida – ah! vida! – é como folha de planta ou de papel: sempre tem dois lados. Vida é incêndio, disse o poeta; vida é ladra, diz o narrador – põe fogo em tudo; rouba nosso tempo, energia, alegria, tristeza: rouba a própria vida, a vida que rouba a vida. Enquanto isso (enquanto dura e em nós opera), vê-se apenas um dos lados da folha, o chamado cotidiano, quotidiano que costura, com os instrumentos das miudezas e das banalidades, sem pressa mas com obstinação, o manto nada diáfano da divina comédia humana. Há quem se submeta e mesmo se acostume ao cotidiano, e há os fugidores que se esforçam para reinventar um outro quotidiano.

(Quem disse que ficção é mentira? Nada mais verdadeiro: não acreditem em nada disso.)

Pois nesta tragédia levada pela mão do destino e arrastada pelo desatino – ou nesta comédia provocada pelo acaso e inspirada pelo caosmos – eu, o autoproclamado Kid Skizofrenik, venho tentando representar o meu papel, o papel de narrador, personagem, profeta ou palhaço. Sim, pintei o rosto como os índios guerreiros, as senhoras cansadas e os artistas dos picadeiros – "vão começar as convulsões e arrancos, sob os velhos tapetes estendidos". Que não se exija de mim uma outra performance: seria papelão, papel de bobo. Eu quero ser autor.

Escrever é ficar nu – e ponto parágrafo.

Anônimo e perdedor ("Querer é perder"), alegre e sofredor ("Tristezas não apagam dúvidas"), ao redigir a verdadeira biografia do Capitão Poeira, escrevi minha própria e falsa autobiografia. Minha, nossa, sua: os pronomes pessoais possuem vasos intercomunicantes, e o herói de Pedra Ramada é um herói do mundo. Tudo real – de imaginário, só o leitor.

(A continuação continua com a ação:

sob o signo do Ocidente, o signo da solidão: toda a obra de criação é obra de destruição. Mesmo com um toque de Realismo, não há nada de novo sob o sol carioca – nem a praia, poluída. Continuação, ação? Como saber tudo aquilo que ainda irá surgir e que desconhecemos já que nunca o vivemos antes? Ora, saber e viver são coisas diferentes, e alguns de nós, autores, conseguirão encaminhar a continuação, a ação que corre para o desfecho. Como personagem e narrador, devo dizer que me percebo reagindo à evidente realidade de que toda história tem seu fim; é compreensível, pois, quando a narrativa terminar, terminarei também eu com ela.)

Mas, sim, não tenham dúvidas, imaginários leitores, grandes lances vos aguardam no futuro. (No futuro? Talvez no passado.) Poema malfeito pelas linhas invisíveis das mãos de Deus, esse Deus das elites, esse Deus das esquinas, eu não existo, e se tem alguém que possa afirmar isso, sou eu mesmo.

Era uma vez – era-uma-vez o que mesmo?
Era uma vez uma vaquinha mococa – mu-mu-mu! –, e era uma vaquinha que vinha pela estrada – mu-mu-mu! – e foi logo atropelada por um caminhão e –
Não teve mais história, não.

Rio – 1977-1990

PÓS-ESCRITO

ESTE LIVRO contém citações e pequenas paródias dos seguintes autores: Machado de Assis, Nietzsche, João Simões Lopes Netto, Edgar Allan Poe, Henry Fielding, James Joyce, Joseph Conrad, Raymond Chandler e o poeta simbolista gaúcho Eduardo Guimaraens.

AS ENTRANHAS EXPOSTAS DO ROMANCE

Fábio Lucas

O EQUILIBRISTA DO ARAME FARPADO, de Flávio Moreira da Costa, não chega a ser o memorial de um louco, embora subverta o romance por dentro e por fora. Falta-lhe a lógica dos predicados, refúgio do discurso esquizofrênico.

Antes de mais nada, é a projeção de uma personagem virtual, um Macunaíma da era pós-moderna, da comunicação eletrônica. Por quê? Pela irreverência com que é tratado o autor/personagem, pelo desmonte das convenções romanescas, pela indeterminação (às vezes) do titular da fala, pelo aparente caos do andamento da narrativa.

O *equilibrista do arame farpado* se apresenta, antes de tudo, como um divertido jogo literário. Um romance que parodia muitos outros, citando-os, deformando-os, glosando-os, e segue Brasil afora, zombando das instituições públicas e das literárias. Gera um truão descomprometido. Um andarilho, cujo destino é traçado pelas forças onipotentes do acaso: eis o equilibrista e com os seus riscos.

Não se iluda o leitor com o caráter lúdico, quase picaresco do romance. Ele é armado para divertir, como um circo. E diverte. E, como um circo (ou uma corte), traz dentro de si um palhaço (ou um bobo-do-rei), ou seja, uma vítima da chalaça e, igualmente, um trocista, um vagabundo, um implacável acusador.

Tudo é paródia neste romance, tudo parece galhofa. Abra-o o leitor, ao acaso, e dará conta de um Wittgenstein de Oliveira. O capítulo em que o herói desponta cita uma novela radiofônica de grande êxito popular: *O direito de nascer*. A maior dúvida a seu respeito não provém da paternidade, como ocorre aos temas burlescos, de têmpera machista. Vem da maternidade. Quem seria a mãe do herói? É o que procura desenvolver "O mistério materno".

Mal o leitor se acostuma com o relato, o romance sofre uma reviravolta e acolhe um "Prólogo à moda antiga". Puro pastiche de linguagem remota e, como diz o editor, "fora do lugar", "possivelmente psicografado". Por detrás, a vigilância mordaz do velho Machado de Assis.

Para anarquizar mais ainda o fluxo da farsa, eis que o autor e personagem perdem a lógica da narrativa, sua estrutura causal/temporal. Daí o capítulo "Em busca do fio da meada". O novelista tenta contratar um detetive particular para reaver a urdidura perdida da história. Parodia a literatura policial e, ao mesmo tempo, reflete sobre a arte de construir uma ficção. Belo capítulo.

Prepare-se o leitor para também acompanhar as incursões sobre a arte fílmica (cap. "Presente de aniversário"). E encontre o herói nas tramas efêmeras do amor, cheias de saltos (como são expressivas as cartas de uma de suas mulheres, Verinha!) e, incrível!, na rede da conspiração política. Eis que o andarilho se fixa no Rio, vira carioca e se dá mal.

É quando, no dizer do romance, a História interfere na estória. O país do herói é golpeado em 1964. *O equilibrista do arame farpado* é um dos mais desafiadores romances da moderna ficção brasileira. Uma farsa joco-séria, hilariante, corajosa.

O DESMONTE DAS CONVENÇÕES ROMANESCAS EM O *EQUILIBRISTA DO ARAME FARPADO*

Elisalene Alves

A FICÇÃO QUE SE DESENVOLVE na década de 1990 é marcada por uma estrutura caótica (desaparecimento do enredo, fragmentação da narrativa, superposição de situações ocorridas em tempo e espaço diferentes, indefinições das personagens, destruição arbitrária das relações normais entre homem e realidade). Essa literatura não tem nome e não se situa nos cânones literários, criando, assim, outras regras. Há, ainda, a presença de uma diversidade de temáticas, em virtude de uma visão de um mundo sem fronteiras, ou seja, de um mundo globalizado.

Enquadrado nessas características está *O equilibrista do arame farpado*, de Flávio Moreira da Costa, publicado em 1996. Vencedora de dois prêmios em 1997 (Prêmio Jabuti e Prêmio Machado de Assis da Biblioteca Nacional), essa obra caracteriza-se pelo desmonte das convenções romanescas e também por sua narrativa não seguir uma seqüência lógica. A história inicia-se contada por Kid Skizofrenik, relatando dois crimes bárbaros presenciados por ele. Esses dois casos mencionados não têm nenhuma ligação com o enredo que será desenvolvido posteriormente. É o próprio narrador quem nos fornece essa informação: "vá se acostumando, provável leitor: conosco ninguém podemos e quase nada tem a ver com a história" (p.22). Em seguida, o narrador expõe um outro relato: o encontro de "sete autores" discutindo o conteúdo de *O equilibrista do arame farpado*, bem como seu título e o sumário.

Quando, finalmente, acreditamos que se inicia a história romanesca propriamente dita, acontece o inesperado: Brás Cubas, personagem criado por Machado de Assis, aparece na obra. A personagem "baixa" na história depois de os "autores-narradores-personagens" do livro se concentrarem em um rito sobrenatural, recorrendo às forças do além para que os ajudem a concluir o livro. Após esse episódio, o narrador tenta prosseguir a narrativa, no entanto, ela é interrompida mais uma vez. Isso se deve porque ele perde o fio da meada e busca a ajuda de um investigador particular.

Percebemos, pelo relato acima, que a narrativa rompe todos os padrões romanescos estabelecidos até então. Há grandes quebras na seqüência linear: começo, meio e fim. Verificamos com clareza a presença da fragmentação, ou seja, do corte no decorrer da narrativa. Observamos que o sentido da história não se encontra no todo e sim nas partes, pois não temos uma história única, temos várias histórias sobrepostas.

A falta de sentido é uma constante na obra; primeiro, porque o enredo traz uma história escrita por "sete autores" e os mesmos não conseguem iniciar a narrativa; segundo, pelo súbito aparecimento de Brás Cubas, personagem de Machado de Assis; terceiro, porque os autores-narradores-personagens perdem o fio da meada, tendo que pedir ajuda a um investigador particular, Philip Marlowe, para dar continuidade à fabulação:

— Bem – disse o Autor –, acontece que eu perdi o fio da meada.
— Pois então retome-o – disse Marlowe. – Não tenha pressa...
— Temo que o senhor não entendeu – disse o Autor, em tradução de tevê.

– Então comece pelo princípio – disse Marlowe.
– Sim, pelo princípio – disse o Autor, lembrando-se de que o princípio era a chave de tudo. – É exatamente esse o problema, Mr. Marlowe. Meu editor, e suponho que meus leitores também, espera um novo original de minha autoria, e no meio do caminho, ou no princípio, como o senhor disse, perdi e não consegui achar mais o fio da meada, entende? (p.67)

Há, ainda, em *O equilibrista do arame farpado,* um traço que caracteriza a literatura contemporânea: a metaficção. Ela está presente em obras que refletem conscientemente sobre sua própria condição de ficção, acentuando a figura do autor e o ato de escrever. Em *O equilibrista do arame farpado*, o narrador faz interrupções constantes para refletir sobre a elaboração da obra: "(...) este é o livro que está sendo feito, ao ritmo dos passos bêbados do autor-narrador-personagem de cabeça de filósofo e alma de sambista, ao som do mar profundo cadenciando na praia e na vida tudo aquilo que sobra e tudo aquilo que falta: este é o livro do que nos falta" (p.107).

Destacamos também o fato de o narrador insuflar a imaginação do leitor, deixando que o mesmo elabore o capítulo da maneira que lhe convier (sirvam de exemplo os capítulos "Fragmentos de uma cena familiar" e "Três pontinhos, ou o menor capítulo da literatura mundial").

Outro aspecto a ser ressaltado é o fato de o leitor, algumas vezes, ser convidado a fazer parte da construção da narrativa, tornando-se, desta forma, co-autor do livro: "Se alguém tiver uma idéia de como poderia ser o enredo, favor escrever ou telefonar. Seremos eternamente gratos" (p.28). Esse recurso reforça a nítida dificuldade do narrador em prosseguir com a fabulação.

Atualmente, uma das discussões sempre em pauta é a crise de identidade do sujeito. Outrora, o homem tinha uma identidade bem definida e localizada no mundo social e cultural. Hoje, em conseqüência das profundas mudanças econômicas, sociais e culturais que acontecem em nossa sociedade, encontramos um sujeito em crise.

Inserido nesse contexto, encontra-se o personagem principal de *O equilibrista do arame farpado*, de nome Francisco, mas também conhecido por Chiquinho, Seu-cara-de-todos-os-bichos e, por fim, Capitão Poeira (poeira, como adjetivo, pode significar brigão, irritadiço). Diferentemente do romance convencional, cujo personagem principal é caracterizado como herói, Chiquinho assume características de um anti-herói.

Conforme escreveu Mikhail Bakhtin em *Estética da criação verbal*, "a aspiração de *glória* organiza a vida do herói (...) Aspirar à glória é ter consciência de pertencer à história da humanidade cultural". No caso de Capitão Poeira, não detectamos essa aspiração pela glória. As aventuras realizadas por ele e que conseqüentemente o levam à fama em Pedra Ramada, sua cidade natal, nem sempre são premeditadas, ao contrário, muitas acontecem por acaso. Aliás, o acaso exerce grande papel na vida de Capitão Poeira, pois é ele o responsável pelo envolvimento do nosso herói nas lutas contra a ditadura militar e pelo seu encontro com Genny (sua mãe) no final da narrativa. Capitão Poeira também é individualista. Faz o que deseja e o que gosta, sem preocupações sociais. Ele não dispõe de um objetivo na vida, por isso vive a angústia de um projeto pessoal. Esse tipo de sujeito, segundo Stuart Hall, é conceitualizado como não tendo uma identidade fixa, essencial ou permanente. Em *A identidade cultural na pós-modernidade*, Hall ainda acrescenta:

> Um tipo diferente de mudança estrutural está transformando as sociedades modernas no final do século XX. Isso está fragmentando

as paisagens culturais de classe, gênero, sexualidade, etnia, raça e nacionalidade, que, no passado, nos tinham fornecido sólidas localizações como indivíduos sociais. Estas transformações estão também mudando nossas identidades pessoais, abalando a idéia que temos de nós próprios como sujeitos integrados. Esta perda de um "sentido de si" estável é chamada, algumas vezes, de deslocamento ou descentração do sujeito.

No começo da obra, a descrição feita de Capitão Poeira, ao nascer, já nos fornece um perfil de como será o garoto no futuro: "Haveriam de dizer que, ainda no colo da parteira, se parteira houvesse, assim que abriu os olhos o bebê pôs-se a passar a mão em seus – dela, parteira – fartos seios" (p.33). E, mais adiante, quando o pai lhe proíbe de sair de casa por causa da aventura do rio Avanhandava. Como não tem o que fazer, aborrece a cozinheira, D. Benta: "Enquanto isso, implicava com D. Benta – 'Sai, capeta! Benza Deus!' – e era só descuidar e lá estava ele no quintal, assustando galinhas, patos e marrecos" (p.45).

Outro ponto relevante na obra é o fato de ela não se adequar em nenhuma classificação convencional. *O equilibrista do arame farpado* sofre a angústia de classificação, sendo perceptível nas reflexões do narrador:

(...) essa é a minha história, essa é a história de nós todos:
romance?
autobiografia?
memórias?
ensaios?
relatos?
relatório?
lenda?

fantasia?
depoimento?
Pois eu e os fantasmas de mim não nos damos bem com as classificações – mesmo assim existimos. (p.110)

Também destacamos nessa obra a presença da carnavalização, ou seja, a transposição para a arte do espírito do carnaval. Sem dúvida a vertente satírica e burlesca de *O equilibrista do arame farpado* pode ser compreendida como uma literatura do riso. Tomemos como exemplo o fato de a história ter sido escrita por "sete autores" (sete, número cabalístico): Kid Skizofrenik (narra a maior parte da narrativa), Antônio Carlos Patto (filho da Patta e da PUC), Bustrefedón Infante Gatica (ex-cantor de guarânias no interior de São Paulo, conhecido como Paraguaio, embora peruano), Cláudio C. (o humanista), Capitão Poeira (personagem principal do enredo), Flávio Vian (o intelectual anglo-saxofônico) e Wittgenstein de Oliveira (filósofo de Quixeramobim). "Em discussão crescente, retomamos os trabalhos preliminares – e eram sete autores à procura de um personagem! Sete Édipos, sete Sísifos, sete Narcisos, sete cavaleiros do Apocalipse?" (p.29) Percebemos o tom de galhofa na descrição dos "autores", trazendo cada nome uma característica que provoca riso. É feita inclusive uma alusão ao filósofo austríaco Ludwig Wittgenstein.

Outro momento da obra em que o leitor dificilmente controlará o riso diz respeito ao surgimento do espírito de Brás Cubas, personagem de Machado de Assis. Ele aparece no capítulo intitulado "Prólogo à moda antiga", parodiando o prólogo na obra *Memórias póstumas de Brás Cubas*:

A obra em si mesma é tudo: se te agradar, fino leitor, pago-me da tarefa; se te não agradar, pago-te com um piparote, e adeus.
(*Memórias póstumas de Brás Cubas*)

O EQUILIBRISTA DO ARAME FARPADO

Sim, pois o livro é tudo em si mesmo, caro e preclaro leitor – que ele bem lhe agrade. Do contrário, encontrar-me-ei convosco à meia-noite em ponto de uma sexta-feira, em vossa própria morada ou numa encruzilhada qualquer da cidade. (*O equilibrista do arame farpado*, p.60)

Para "anarquizar" mais ainda o fluxo da narrativa, os "autores-narradores-personagens" perdem a sua lógica, a sua estrutura causal/temporal. Abrem então o capítulo "Em busca do fio da meada". Os "autores-narradores-personagens" tentam contratar um detetive particular para reaver a urdidura perdida da história. A literatura policial é parodiada ao mesmo tempo em que há uma reflexão sobre a arte de construir uma ficção. Sobre esse lado cômico da obra, Fábio Lucas escreve no posfácio desta edição:

O equilibrista do arame farpado, de Flávio Moreira da Costa, não chega a ser o memorial de um louco, embora subverta o romance por dentro e por fora. Falta-lhe a lógica dos predicados, refúgio do discurso esquizofrênico. (...) Não se iluda o leitor com o caráter lúdico, quase picaresco do romance. Ele é armado para divertir, como um circo. E diverte. E, como um circo (ou uma corte), traz dentro de si um palhaço (ou um bobo-do-rei), ou seja, uma vítima da chalaça e, igualmente, um trocista, um vagabundo, um implacável acusador.

A narrativa em *O equilibrista do arame farpado* é plurifacetada, várias vozes culturais dialogam, num processo contínuo de intertextualidade. O autor monta a narrativa com base nessa estrutura dialógica, fazendo referência à arte fílmica, utilizando nome de novela para nomear seus capítulos ("O direito de nascer"), citando músicas ("Diane", de Paul Anka e "A deusa da minha rua", de Nelson Gonçalves) e bandas famosas (Beatles e Rolling Stones), usando frases conhecidas de grandes filósofos (Nietzsche e Marx), além da intertextualidade com escritores como Drummond, Olavo Bilac, Edgar Allan Poe, James Joyce e, principalmente, Machado de Assis, que é mencionado, primeiramente, na dedicatória do livro:

> Ao verme
> que
> primeiro roeu as frias carnes do cadáver
> de
> Joaquim Maria Machado de Assis
> Dedicamos
> com saudosa lembrança
> este
> ROMANÇÁRIO PÓS-ANTIGO

A literatura carnavalizante tem como recurso fundamental de expressão a paródia. Esse discurso paródico, pleno de inversões, ironias, ambivalências, reverte para a literatura as formas sincréticas do espetáculo carnavalesco, estudado com profundidade por Bakhtin em seu livro sobre Rabelais.

De acordo com Irene Machado em *O romance e a voz: a prosaica dialógica de M. Bakhtin*, a paródia acontece quando "o autor serve-se do discurso do outro e muda-lhe a intenção. O discurso se transforma numa composição para duas vozes, uma não esconde nem elimina a outra". No romance em estudo, verificamos a utilização do discurso paródico, principalmente no que diz respeito à atualização dos provérbios: "O pior cego é aquele que não quer usar lente de contato" (p.22), "pretensão e água benta batem até que furam" (p.23) e "quem é viúvo sempre aparece" (p.27).

Como consideração final, podemos dizer que *O equilibrista do arame farpado* caracteriza-se por apresentar uma narrativa anticonvencional e também pela diversidade de temas a serem investigados, sem que se chegue a esgotá-los. Enveredamos na ficção de Flávio Moreira da Costa, numa tentativa de explicar uma obra que, inicialmente, apresenta-se complexa e sem sentido. Porém, com a repetição das leituras, tornamo-nos parceiros da mesma esquizofrenia.

Elisalene Alves é mestre em Literatura Brasileira pela Universidade Federal do Ceará (UFC) e professora de Literatura Portuguesa na Universidade Estadual Vale do Acaraú (UVA).

Este livro foi composto em EideticNeo e impresso pela Ediouro Gráfica sobre papel Pólen Soft 80g para a Agir em maio de 2007.